U0629096

中国新实力作家精选

必读的精品散文

策划

行走的写作者

卢江良◎著

作为一位写作者，人们衡量他成功与否的，往往不是看他产出了多少数量的文字，而取决于他有没有写出震撼读者心灵的作品。

知识出版社

图书在版编目（CIP）数据

行走的写作者/卢江良著.—北京:知识出版社,
2011.9

ISBN 978－7－5015－6274－9

Ⅰ.①行… Ⅱ.①卢… Ⅲ.①散文集—中国—当代
Ⅳ.①I267

中国版本图书馆 CIP 数据核字(2011)第 179085 号

策　　划　刘　嘉
策划编辑　马　强
责任编辑　张　磬
责任印制　李宝丰
封面设计　晴晨工作室

知识出版社出版发行
地　　　址　北京市西城区阜成门北大街 17 号
邮政编码　　100037
电　　话　　010－88390732
网　　址　　http://www.ecph.com.cn
印　刷　厂　三河市兴达印务有限公司
开　　本　　1/16
印　　张　　13
字　　数　　180 千字
印　　次　　2011 年 10 月第 1 版　2024 年 6 月第 3 次印刷

ISBN 978－7－5015－6274－9　定价:58.00 元
本书如有印装质量问题,可与出版社联系调换。

目　录

第一辑　印刻在心灵的足迹

第二辑　让灵魂在指间开花

目录

第三辑　行走于思想的道上

行走的写作者

第一辑
印刻在心灵的足迹

失去梦想的手指

跟朋友喝茶时，他端详着我的手指，悠悠地说："你的手指很适合弹钢琴。"朋友是搞音乐的，在艺术圈内有一定的知名度。

我翻看着自己细长的手指，不谋而合地笑笑说，当我还是一个小孩时，我曾向我父母这样显耀过。后来的很多年里，也有不少人这样恭维过。但直至如今，我从未摸过一次真正的钢琴。

朋友迷惑地问："你对演奏没产生过兴趣？"

我说不是的，在成长的岁月里，每当凝视自己的手指时，我也曾无数次想象过，手指在琴键上跳跃的情景。二十岁那年，我甚至还买过一架电子琴。但我从未奢望自己成为演奏家。

朋友感到很不可思议。

我说："一架钢琴需要多少钱呀？那不是我们这样的家庭承担得了的。哪怕家里知道我以后能成演奏家，也无力为我购买一架钢琴。梦想是要建立在一定的基础之上的，否则还不是梦想，只是一种虚幻的空想。"

朋友无言。也许他无法认同我的观点，毕竟我们生长的环境不同。我只是一个农民的儿子，而他的父母都是大学的教授。当我跟着母亲在山野拔草的时候，他已经在接受音乐方面的训练了。

说到这里，我油然地想起了我的父亲。据说他小的时候，极富绘画天分。在他十五岁那年，曾有七个老师来我祖父家，说要报送他上省里的一所美院深造。然而，由于家境的贫寒（买不起一床带去学校的棉被），和祖父对艺术的不理解，最终父亲没能去成那所学校。现在父亲是一名普通的农民。

在我懂事以后的很多年里，父亲总是惋叹那次错失的良机。起初我很习惯于他的那种惋叹，从心底里认定是祖父害了他的前途。后来当我在写作的道路上越走越远时，我开始怀疑父亲的惋叹是否有些矫情？祖父损害了父亲的一次良机，但他没有揽断过他以后发展的路途呀。

然而现在，当朋友提及我的手指时，我重新理解了父亲的惋叹。我向父母提起自己的手指时，父母从未对我的梦想表过态，但家境的贫寒无形中成了一把刀，生生地割断了我梦想的翅膀！而断翅的梦想又谈何飞翔？而父亲被阻止去美院之后，他的境况跟我的又有什么不同呢？

　　这时，我想假如自己长于钢琴世家，抑或生在一个殷实的城市家庭里，会不会成为一位钢琴演奏家？父亲如果不是因祖父的那次阻止，会不会还像现在一样是一个农民？而我的朋友，倘若他的父母不是教授，没有在他幼年时培养他，如今他能否成为稍有名气的音乐人？

　　于是，我再次翻看了自己的手指——白晰、均匀、细长，一种无以名状的悲哀涌上来，不仅仅为我自己夭折的梦想，还为那些长着同样手指的贫寒子女。对于我们这样的孩子，梦想原来是那样遥不可及！

童年的火车

在乡村孩子的眼里，这是一种充满神奇的东西。一次，我带五岁的二外甥女去城里的途中，她透过公交车的窗户，看见不远处隆隆响着飞驰而过的它，目不转睛地盯视着，用手指点着惊喜地高喊："火车！火车!! 火车!!! ……"她的喊叫，牵出了我对于它的记忆。

我第一次坐火车那年九岁，那次父亲带我去杭州走亲戚。其实，那次所谓的"坐"，确切地说应该叫"蹲"，我们乘的是一辆货车，整节车厢空荡荡的，没有一个座位，显得非常脏乱和简陋。乘客们大都是蹲着的，也有个别人干脆坐在地板上。

但这并不影响我内心的快乐，因为我终于如愿地坐在了火车——这个让我们这些孩子感觉神奇的东西、这个让我的玩伴们遥不可及的东西里。那个时候，不要说我那般年纪的孩子，就是村里百分之九十以上的大人，都没有福分享受过那种"待遇"。

在以后的日子里，"坐"过火车成了我向玩伴们显耀的资本。在向他们描述火车的时候，我刻意隐瞒了它实际的脏乱和简陋，将它夸饰成了童话里的天堂。一时间，"坐"火车成了村里所有孩子最梦寐以求的向往，我也便一跃而成为他们最羡慕的对象。

就这样，在我纯粹的虚构里，玩伴们梦想了很多年。后来，在他们长大的过程中，陆陆续续地乘过了火车，但奇怪的是真到今天，没有一个人指出我曾经的谎言。也许，他们乘的火车是有座位的那种；也许，他们跟孩提时代的我一样，不忍破坏对火车的美好想象。

一种叫"埙"的乐器

三十岁以前，我从未知道有这样一种乐器，它演奏出来的曲子竟是那样的悲怆！

初识那种乐器，是在前年春天。那个季节里，我出差在西安。趁工作之余，我游览了秦始皇陵。

对于秦始皇陵的记忆，随着时间的推移，在我脑海里日渐淡薄，但那种乐器演奏出的悲怆之声，却时不时地荡漾在我的耳畔，让人感觉那样的刻骨铭心。

记得当时已是正午，秦始皇陵游人稀疏，我独自漫步在草坪上。这时，一种乐曲骤然响起，并在皇陵上空久久回荡。刹那，我的整个心灵，让那曲子深深攫住了！

悲怆！是的，只能是悲怆！

我再也找不到更适合的词，来描述对那种曲子的感受。我也从来没听过有哪种乐器，它演绎出的曲子，其悲怆程度可以跟它媲美！它让我伫立在这春光明媚的草坪上，想象了一场穿越历史而来的血雨腥风。它演绎的不光光是一种曲子，而似乎是被殉葬的所有怨魂久远的哭诉！

由于见少识浅，当时我未曾知道那种乐器叫什么，更没有见过它的模样，但我私下断定它必定为那殉葬的怨魂而制。

俄尔，从旁人的口中，我得知发出那悲怆之声的，是一种叫做"埙"的乐器。随后，在游览西安书院门的时候，见到了"埙"——陶制，梨状，多孔。我毫不犹豫地买下了一个。

从西安回杭州之后，我将埙带了回来，摆放在书桌之上。我不是吹乐爱好者，所以直至今天，我都吹不了埙，但每当夜深人静之际，我总喜欢对着它注目凝望。我知道自己凝望的，不是一种叫埙的乐器，而是一部叫秦的历史。

尽管后来通过网上搜索有关埙的资料，我了解到最早的埙源于古代先民的狩猎工具，后才逐渐改制成为古代重要的吹奏乐器。但我宁愿相信自己最初的断定，让它归属于秦时那些屈死的怨魂。

　　我想，在我们这个世界上，应该有这样一种乐器，为他们而长久地存活，并以音乐的方式世代诉说。而在所有的乐器里，也许只有埙可担当此任。因为埙韵的悲怆，与他们的命运，竟是如此相合。

煨豆琐忆

对于现在的孩子来说，煨豆已是一件非常陌生的事情了。在我成长的二十年里，我再也没有看到过谁煨过豆。煨豆像磨米、弹花一样，变得无比遥远而陌生。

然而，有关煨豆的往事，一直盘旋于我的记忆深处。很多时候，身陷现代都市的我，经过一天的喧哗，在夜深人静之时，总喜欢回味儿时煨豆的情景。那样的时候，我的心头便会被一种轻松而温馨的感觉充盈。

是的，回忆煨豆时的情景是美好的。因为当煨豆作为一种回忆展开时，煨豆已不再是单纯的煨豆，而被衍化为一种对亲情的重温。

煨豆的季节，是每年的寒冬。在我的印象里，儿时的冬天特别寒冷，总是冰天雪地、寒风呼啸，我们这些小孩害怕寒风的侵袭，总抑制着顽皮的禀性，一律躲在家里玩耍；而大人也特别忙碌，白天很难在家见着他们的影儿。那时的家里总不外乎祖母、大姐、二姐、堂弟和我几个人。而在我的记忆里，老迈的祖母总捧着一只火铳，缩着灶窝里打瞌睡。家便成了我们几个小孩的天地。那个时候，对我们几个小孩来说，最具诱惑力的莫过于煨豆了。这不仅仅因为煨豆是一桩颇为有趣的游戏，也因在那个年代里，由于贫困我们几无零食可吃，煨熟的豆实在是一种难得的美食。

如果将煨豆比作一次打仗，大姐当仁不让是主帅，二姐则是名副其实的副帅，而我和堂弟只能充当小卒。每次煨豆，我们四人就围住一只炭火烧得很旺的火铳，大姐负责将一粒粒大豆均匀地煨进火铳里，二姐拿着一根火棍过上一阵子帮每粒大豆翻身。豆煨得差不多的时候，大姐就提醒一旁盯着豆馋涎欲滴的我和堂弟，叫我们捂住耳朵赶快闪开。当我们闪开之后，忽听一阵噼里啪啦的爆炸声，那些煨熟的大豆纷纷从火铳里跳出来了。接下去该是我和堂弟大显身手的时刻，我们循着大豆落地的声音，开始寻找那些去向不明的"俘虏"。等我们将所有"俘虏""押解归案"后，大姐开始清点豆数，然后平均分配给"参战"的人员。那时，祖母是不"参战"也不分享我们的"胜利果实"的，她依然一如既往地打她的瞌睡，只在那些大豆爆炸的那阵子，会被惊醒过来几回。

在那个当儿，我们的内心总是充满欢乐的，我们一边分享着"胜利的果实"，一边回味着煨豆时的那份喜悦和刺激，以往所有的不快都像风一样跑得远远了。我们成了世界上最快乐和幸福的人儿。

后来，随着时间的推移，我们都不再是孩子了，也不再在寒冷的冬天，父母不在家的日子里，围着火铳煨豆。然而，有关煨豆的记忆，却烙进了我的脑海里。在以后的日子里，每当遭受了冷遇和攻击之后，我总喜欢回味煨豆时的美好情景，因为只有那样，我冰冷的心才会一点一点地被点暖。

如今，看着像我们煨豆时一般大小的外甥、外甥女们，我很想给他们讲讲煨豆的往事。但我最终还是忍住了，因为现在很难再见到煨豆的火铳，他们也不知道什么是煨豆了，即使知道，也无法再体味我们那时的心情。

然而，煨豆，作为一种重温亲情的方式，永远存活在了我的记忆里，令我经久不息地回味。

第一辑　印刻在心灵的足迹

最后一场马戏

"五一"长假结束前一天，已经是傍晚时分，村里的一些孩子奔走相告："马戏团来了，快看马戏去!"当时，我正在村口大姐家的店前，跟十三岁的大外甥女下象棋。听说村里来了久违的马戏团，我的心一下子不在棋盘上了，忽悠悠地飘到逝去已久的童年。

记得在我的孩提时代，村里经常有马戏团光临。翻跟斗、踩玻璃、越刀山、穿火圈、做硬功、变戏法……马戏团留给我的是无尽的快乐，组成了我童年记忆里不可或缺的部分，就是现在偶尔回想起来，心头依然会激动得微微颤栗。

随着孩子们惊喜的呼叫，果然传来一阵"叮叮当当"的声响，我停下手中的棋子，寻着声音望过去，不远处过来了一队人马，大大小小有七八个人，最大的看上去六十多岁了，或许更老一些；最小的还是个毛孩，一二岁的模样，估计是马戏团成员的小孩。他们有的敲锣打鼓，有的踩着与楼屋齐平的高跷，最显眼的莫过于一位侏儒，都快五十岁的人了，个子矮得像是五岁的儿童，他是一路翻着跟斗过来的。他们一律衣衫破旧，一律面黄肌瘦。

来到小店门口时，马戏团驻足不前了，有一个显然是领队的，走到了我们跟前。他是冲着村长来的，村长就坐在我身边，刚才正观看我们下棋。那领队的取出一本演出许可证，在我们眼皮底下摊开来，用一种乞求的口气跟村长商量，村里能不能出 300 元钱包下这场演出?

村长闻言，二话不说回绝了。他说，你们在村里演出可以，照明也允许免费接用，但村委不打算出钱包场。这倒不是村长铁石心肠，他是村里众所周知的善人，但他有自己的难处，因为上头还压着支书，这事他不敢擅自做主。

领头的脸色顿时黯然了下来，他用方言朝着其他的人转达了一番，其他的人的脸色跟着黯然下来，除了那位还不谙世事的毛孩。他们快快地继续朝着走，依然踩高跷的踩高跷，敲锣打鼓的敲锣打鼓，只是走的速度慢了一些，敲的力度也小了不少。可他们不能因为村里不包场而取消这次演出，按他们的话说，整个马戏团还等米下锅呢。

天还没有完全黑下来，马戏团就在菜市场拉开场子，一轮接着一轮反复演起来。我和父亲从大姐家吃完饭出来，差不多到了九点钟光景，围观的人已稀稀落落的，但他们还是在卖力地演着，似乎不甘放弃最后的挣钱机会。

村里好久没来马戏团了，这次凑巧碰上机会难得，我和父亲停下来观看。马戏团演的依旧是记忆里的翻版——翻跟斗、踩玻璃、越刀山、穿火圈、做硬功、变戏法……可这次我看到的不再是快乐，而是一种无以名状的酸楚。特别当我目睹那位侏儒，可能因为太过疲乏了，每次勉强越过刀刃之后，总会重重地摔倒在地时，我的泪水在旁人的哄笑中悄然滑落……

夜越来越深了，还下起了毛毛细雨，围观的人越来越少，但演出还在继续。我给了马戏团五块钱，准备偕同父亲离开。这时，另一位收钱的过来，再次向我索要观看费。我本想告诉他，已经给过他们钱了，但最终没有吭声，又掏出了五块钱。父亲知道我刚给过钱，但意外地同样一声不吭。回去的路上，他自言自语地说："这笑真是用血换的。"

我听了，心头不由地颤了颤。此刻，我很后悔看这场马戏了。因为这场马戏，颠覆了我以往看过的马戏带给我的所有快乐。我想，自己以后也许再也不会去看马戏了。

忧伤的口琴声

男孩来的时候总带着一把口琴。

男孩是堂姐夫的侄儿，堂姐回娘家时经常带着他。

那时我也还是一个孩子，七八岁光景吧。因为跟男孩年纪相仿，男孩来的时候总跟我一起玩。

跟男孩玩过什么？随着时光的流逝，很多往事被抹去了痕迹，我已记不大清楚，但听男孩吹口琴的情景，却一直遗留在我的脑海深处。

那时，我们总是呆在村口的那片竹林里。我们偎依在闲置于那里的光滑的石磨上，他全神贯注地吹奏口琴，我瞧着他一张一合的嘴，入迷地看着听着。

男孩的口琴吹得如何？年幼的我自然无从判断。不过那声音的动听是勿容置疑的，我经常被他的口琴声所陶醉，并义无反顾地认定那是世上最优美的声音。

因为那把口琴，跟男孩相处的时候，我们的话题总离不开口琴。我惊奇于那一格一格的方孔里，竟然会流出这么好听的声音。而男孩则信誓旦旦地向我宣称，他长大了要成为专门吹口琴的人。那时的我们还不知道，专门吹口琴的人叫做口琴演奏家。

每当男孩谈着抱负的时候，我总会油然流露出对他的羡慕之情。那时我甚至联想到了十多年后，男孩站着灯光闪烁的舞台上吹奏口琴，台下的听众全神贯注地聆听着，一曲终了，男孩频频谢幕，台下掌声如雷的美好场面。

说句实话，当时的我心情是十分复杂的——嫉妒而自卑，我恨自己为什么不像男孩聪明，能够吹出那么动听的声音。要是能吹出男孩那般动听的声音来，那么自己也可以跟男孩同站于舞台之上，接受听众的热烈欢迎了。

后来，我们都上了学，堂姐回娘家不再带他，我们见面的机会便少了，只是逢年过节时我去堂姐家做客，尚能见上他一面。不过那样的相见，总是匆匆又匆匆，无非是打个招呼而已。

　　再后来，我为生计长年奔波在外，春节极少去堂姐家做客了，跟男孩见面的机率便近乎为零。然而回忆往事的时候，我免不了想男孩吹口琴时的情景，也总会设想如今男孩还会不会吹吹口琴？

　　去年春节，我得以有空去堂姐家做客。在开饭之前，我闲着无聊在堂姐家门口溜达，有位跟我年纪相仿的青年朝我走来。他热情地向我打着招呼，递了一支烟给我。

　　我瞧着他那张似曾相识的脸，猛然记起那就是那位吹奏口琴的男孩！便一下子激动不已，开口问他现在还吹不吹口琴？

　　可是，男孩对我的问题没有任何反应，他只是向我笑了笑，便转身就急急地走了。

　　我正感到困惑，出来淘米的堂姐似乎看出了我的心思，摇了摇头，不无惋惜地对我说，你问他他听不见的，五年前他生了一场病，耳朵聋了。

　　堂姐说完去河沿了。我一个人愣愣地站在那里，眼前不由得浮现起二十多年前那个吹口琴的男孩，以及他信誓旦旦的宣称：我长大了要成为专门吹口琴的人。

　　我不知道现在的男孩有否遗忘曾经的誓言？如果那段往事尚在他心头涌动，那对他而言又该是怎样一种心情？

　　这样揣摸的时候，一阵铺天盖地的忧伤的口琴声弥漫过来，覆盖了我整个的记忆，我感到了一种无以名状的茫然和心酸。

老楼，倒了

台风来的那夜，年久失修的老楼倒了。

老楼是祖父在世时造的，木结构，分上下两层，耸立在小村普遍低矮的老宅间，甚有"鹤立鸡群"的气派，在当时的小桥头村算是最好的楼了。

然而，为建这楼，却断送了父亲辉煌的前程。

父亲自幼挚爱绘画，十五岁建楼那年，他新芽破土般显示出来的绘画才能已在小镇广为传颂。据父亲的同辈人言，当年，父亲随手在村口画下的一只老虎，逼真得竟使村里的女人和小孩夜里不敢出门，后用石灰涂白了，还战战兢兢、心有余悸。而邻近几个村落人家壁上的寿星图和花鸟虫兽画更大都是父亲的手笔。

父亲所在的学校领导得悉后，认定父亲是个难得的人才，决意保送他去浙江美术学院（现在的中国美术学院）深造，便派出七名教师前往父亲家当说客。

意想不到的是祖父犹豫再三，婉言谢绝了！他说，他家正在筹建一间楼房，已花尽家里全部的积蓄，无力再购置父亲去美院必需的棉被和生活用品。又说，建楼急需人手，父亲一走会影响建楼。任教师们如何费尽口舌，就是磐石般抽着闷烟，不答应。

父亲终于未去成浙江美术学院，随后甚至连上学的权利都被剥夺了，整天"蜗"在家里，为建造老楼而忙碌。随着时间的推移，父亲终因生活的艰辛而放弃了绘画，淡漠了成为画家的梦想……

老楼倒的第二天，堂姐来到我家。她看了倒塌的老楼后，告诉我下半学期将终止她的哑巴儿子的学业。她难堪地说，在她所在的村里，别人家都造起了新房，只有她家还是两间平房，她想将儿子停学省下的那笔每年近三千元的学杂费用来建造新房。

听罢堂姐的设想，我用一种沉重的语调向她讲述了父亲和老楼的故事，末了，我指着那堆已成废墟的老楼说，我父亲本来是有可能成为画家的，可建造这间老楼使他失去了那个机会。如今老楼倒了，可那个机会终究不会因为它倒了而再回来！

堂姐听了，默然。最后，她终于改变了主意。

老楼倒了，我希望倒掉的不仅仅是一间年久失修的老楼！

第一辑　印刻在心灵的足迹

心灵深处的灯火

在我的心灵深处，始终亮着一束灯火。

那年，我在南方一座城市里打工，艰难的处境使我几乎无法看见前途的光明。我放弃了自己的理想和追求，颓废地混着日子……

深秋的一个夜晚，我忍受不了无聊带来的烦闷，步出蜗居的租房，走进漆黑的夜色里。

我迎着略带寒意的风，在陌城的街道上漫无目的地游走。

记不清穿过了多少道大街，也记不清过了多久，茫然间我来到了一条小巷口。

远远地，我望见小巷的那一端亮着一束灯火。那灯火在风中尽情地跳跃着，宛如一个调皮的孩子，恰似一位坚强的汉子。

那里怎么会亮着一束灯火？怀着迷惑，我径直朝前走去……

等走近了，我发现是一个孩子在夜读！

那孩子是个男孩，九岁光景。他蜷缩在破败的被窝里，藉着一支短蜡烛微弱的光，正聚精会神地翻看着一本破烂不堪的书。

他那一身褴褛的衣衫，明白无误地告诉我：这是一个无家可归的流浪儿。

我没再细瞧他读的是什么，内心顿时充满了惭愧！

其实，相比这个孩子来说，我的处境远远好得多！可我总习惯寻找冠冕堂皇的借口，替自己放弃理想和追求进行辩护和开脱。

那一刻，我羞得无地自容。

后来，我默默地离开了那条小巷。

然而，奇怪的是那束灯火却一直亮在我的心灵深处。

借着那束灯火，我看见了前途的光明；藉着那束灯火，我重拾起了自己曾一度放弃的理想和追求。

　　半年后，我终于通过努力，顽强地走出了困境。

　　以后，每当追忆那段日子，我的心灵深处总会陡然跳跃起那束灯火，脑海里也会随之浮现起那个夜读的男孩。

大姐的短指

大姐右手小指没有骨头，整个儿紧缩着，乍看，似一团田螺肉！

大姐的手指成这模样时，十五岁。那年，村里造路，父亲因遇上"一批双打"运动，被罚款600元，便携同母亲四处借钱，造路的担子就落在了大姐和比大姐小一岁的二姐稚嫩的肩上。

"屋漏偏遭连夜雨"！大姐和二姐在干活时，二姐手里端着的一块石头不知怎的碎了，一半掉下来砸到大姐的小指上。顿时，大姐的小指血流如注，到晚上放班回家时，指上留下了一个不堪入目的伤口。要是以往，父母一定会发现，并陪大姐去卫生院包扎；即使不发现，大姐也会如实相告。可那夜，由于父母借不到钱，心烦意乱，再也无心顾及；而大姐见父母闷闷不乐，也就缄口不言了，她是一个十分懂事的女孩！

由于不采取任何措施，天气的炎热使大姐的伤口很快化脓了。但大姐依旧满不在乎地干活，她思忖着那伤口跟以往一样，过不了几天会愈合的，跟没伤过一样。

可是，这次大姐错了。她的伤口被细菌感染了，痛得厉害。不得已，她将实情告诉了父母。

父母意识到了事情的严重性，搁下借钱一事，立即带大姐去了城里的一家医院，意想不到的是，诊断结果：必须立即取出小指里的全部骨头，否则会转化成骨癌！

这诊断结果不啻一声惊雷！当夜，我家笼罩在一种忧虑而伤感的气氛中，全家人咽不下一口饭，也没心思睡一刻觉，只是默默地呆坐着，低低地啜泣！

第二天，父母带上大姐去那家医院做了取骨手术……

后来，大姐的伤是治愈了，我父亲被罚的款也退还了，但大姐的手指却永远比常人短了一截，看上去很不雅观。

然而，正是那不雅观的手指，常让我回想起那个艰难的年代，从而使我加倍珍惜如今拥有的生活。

大姐的那根手指，实在是那个逝去的时代的缩影！

"脏弄书室" 小记

"脏弄书室" 说白了是我今年初夏租用的一间平房。

那房宛如一头蜗牛蜷缩于一条长长的弄底里，而那弄走道两旁由于弄里人家早已搬迁，人迹寥寥，便长年累月堆积着一些废弃的马桶、家具之类破旧杂物，显得脏乱不堪，故名 "脏弄书室"。

缘何租用 "脏弄书室"，个中原因一时难以说清，但有一点是显而易见的，那就是 "清静"！

"脏弄书室" 有诸多劣处，令我伤透脑筋：比如房内尚未安装自来水，需水则要提桶到十米外的弄中央的水笼头处去汲，淘米、洗菜极为不便；又如弄内没有照明灯，白天倒无伤大雅，夜里归来就洋相百出了，必须小心翼翼地摸索着前进，搞得不好还会带到一些杂物，忙乎一阵麻烦透顶；再如因弄里脏，夏夜蚊子特多，成群结队黑压压而来，颇有一种 "黑云压城城欲摧" 之势，若没两股蚊香 "并驾齐驱"，实在很难对付；再如……不一而足，罄竹难书。

但事物往往有两面性，"脏弄书室" 的优处也使我受益匪浅。

"脏弄书室" 因地处弄底，跟街道马路保持着一定的距离，就自然而然避开了城市特有的喧哗和嘈杂，营造出了一方类似于 "世外桃源" 的天地，让置身其中的我油然忘却世间的尔虞我诈和追名逐利，从而能静下心来读书、写作和思索。

前些日，我的一位记者朋友来看我。当我领他走进 "脏弄书室" 时，他不无意外地惊叹道："想不到你的那些让我感动的文章是在这种环境中写出来的呀，你生活得可真清苦！"

我笑笑，不以为然地说："如果我不住在这里，而住在大酒店里，也许就写不出那些让你感动的东西来啦。"

"脏弄书室" 使我更多更深地体味到了它的好处！从某种意义上说，

我喜爱它远胜过一些地处闹市的洋房。

　　遗憾的是，"脏弄书室"我是租用的，只是我人生旅途中一处短暂停留的驿站，不可能与我"长相厮守"。然而，无论我以后迁移到哪里，我想我都不会将它遗忘，因为它使我深深地领略了固守清贫的美丽！

　　美哉，"脏弄书室"！

让寂寞在心灵开花

两年前的春天，我来到了杭城。那是我跟杭城的第三次结缘。在此之前，我曾二度在杭城生活过。第一次是高中毕业初，那时我是以室内装修工的身份介入，生活了半年。第二次是在 1995 年底，我从广州打工回家途经杭城，在这里停留了下来，在一家多媒体信息公司担任文学编辑，度过了整整二年。

倘若说以前的两次是不经意的，带着很多被动的因素，那么这次我是主动的。在文学路上颠簸了数年之后，我带着小小的收获，离开了多少有些令人窒息的家乡小城，充满信心地向杭城进军，希望在此找到一方属于自己的空间，彻底改变以往单纯为生存而生存的尴尬处境。

然而，事情远非我想象的那般简单，由于在十分闭塞的家乡小城生活得太久，使我几乎被挤到了时代的边缘，这次到杭城找工显得异常艰难。尽管那些文化单位肯定我在写作上的实绩，但因为我对网络的一窍不通，他们只能表示爱莫能助，纷纷将我拒之门外。我感到了一种莫名的危机感。

后来一家商业杂志网开一面，我才终于得以进入。在杂志社，我的职责是专司 10 000 字左右的以商人为对象的报告文学写作。在杂志社的待遇不尽人意，但它为我提供了一个进驻杭城的平台。更令我欣喜的是，杂志社还给了我接触网络的机会。记得，我第一次点击进入的网站，便是后来使我的网文获奖的《榕树下》。

说实在的，我从来都不是热衷于新鲜事物的人，我的血液里流淌的更多的是传统的因子。我对网络这一新鲜事物的急切了解，更大程度上是出于对生活本身的考虑。因为你想在一个都市很好地生活，首先你不能落伍于这个时代，否则等待你的只有淘汰！而网络作为一种新鲜事物，已成为这个时代必不可缺的工具。

在杂志社当了半年记者之后，我对网络有了基本的了解，于是开始寻找更适合发展的空间。2000 年 9 月，我顺利地跳槽，进入了一家文学网站担任编辑，开始从事网络文学的编辑工作。从此，我跟网络文学有了亲密的接触。

现在，我的生活基本如此：除了节假日，平时每天上下班，工作职责是编辑。除了做好网络编辑这一块工作，我还兼任着几家文学杂志的编辑，定期为它们编选一定版面的网上优秀作品。当然，这一份工作对我而言如今已得心应手，因为经过一年多来在网站的实践，我对网络已了如指掌。而在此之前，我曾先后在岭南美术出版社《今日装饰》编辑部、绍兴县文联、中国商人杂志社等单位担任过编辑，有着八年的书报刊的编辑经验。在这里，我觉得自己的能力得到了较为充分的体现。

工作之余的时间是属于我的，我大部分用来浏览其他的文学网站，主要了解文坛的最新动态和阅读一些优秀的网上文学作品。而作为一位写作者，我也经常发表一些作品在那些知名的文学网站上，譬如美国的《橄榄树》、上海的《榕树下》、新加坡的《新语丝》、马来西亚的《犀鸟文艺》、北京的《三九作家》以及《今日作家》等都有我的作品。

让自己的文章在网上发表自然不是我的最终目标。我的作品的最终归宿是一些公开发行的纯文学刊物或报纸的副刊。在网上发表只是为了：一、让更多人了解我的作品，扩大自己的知名度；二、也是至关重要的，就是获取网友对自己作品的中肯的批评和意见，从而及时了解自己创作上存在的问题，这是传统媒体所无法做到的。

尽管几乎所有的知名文学网站都有着我的作品，但我从未单纯地为网络写过什么，也就是说我的作品都不是纯粹的网络文学，我只是把网络视为跟杂志和报纸一样的载体，将自己的作品用它去传播而已。对于纯粹的网络文学，说心里话我并不欣赏。说实在的，虽然我跟网络接触了二年多，并从事着网络文学的编辑工作，但从未认真地读过诸如李寻欢、安妮宝贝、痞子蔡之类知名网络写手的作品。在我的认识里，他们的作品是浮浅的，缺乏内涵。他们追求的更多是形式上的自由，很少触及内心的隐痛。

对于写作，我前年底给自己的定位是"凭着良知孤独写作，关注人性、关注命运、关注社会最底层"。事实证明我这样的定位是正确的，自去年初至今我创作的数个中、短篇小说在网上发表后，在网友中引起了强烈的反响。如今，这些作品已分别在《中国作家》、《北方文学》、《雨花》等知名文学刊物发表。最近我的一个初发于《榕树下》的短篇小说在

158、237篇参赛稿件中脱颖而出，荣获了陈村、余华、余秋雨、王安忆、莫言等著名作家担任评委的"贝塔曼斯杯"第三届全球网络原创文学作品大赛优秀短篇小说奖，成为了此次大赛的30名获奖作者之一。与此同时，那篇小说还入选了由著名文学评论家陈思和总编的权威选本《21世纪中国文学大系·2001年中国最佳网络写作》。

一篇不是纯粹网络文学的小说获了有影响的网文大赛奖，这说明网络文学的性质已有了根本性的变化。但无论怎么说，网络给了我荣誉及更为自由的发展空间。

说出来你也许会感到惊诧，尽管我每天面对的是电脑，但我的很多作品却是用笔写的，我喜欢笔尖在光洁的纸面上划动时的那种美妙的感觉。

在一天中，我最喜欢的是黑夜。因为只有到了黑夜，我的整个身心才完全归属于我。通常吃罢晚饭，我就躲进独居的小屋，开灯、合窗，开始我心灵的工作。那时，我会泡上一杯放糖的清茶，一边聆听美妙的音乐，一边或静坐着思考（大都构思小说），或翻阅一些中外名著。我阅读的书籍很杂，有卡夫卡的小说、里克尔的诗歌、尼采的哲学、弗洛伊德的心理学、鲁迅的杂文，甚至于《圣经》、《禅》等宗教读物，但大都属于文学的范畴。

我写的不多，新华书店和图书馆里浩如烟海的书籍告诉我，追求作品的数量毫无意义，关键是质量。对于这个问题，我在一篇题为《行走的另一种方式》的创作随笔中作了这样的说明："在我的认识里，写作如同行走，具有各种不同的方式。2000年前的我其实只是在'拉磨似的绕圈'，尽管我拉得那么卖力，但实质上始终在原地踏步。后来我选择了一种'跋涉式的远行'。那种行走，在行进过程中难免遇到坎坷和挫折，使行进速度显得异常缓慢，从路程本身来说可能不及'绕圈'的一半，但它应该离文学的殿堂更近些。"

对我而言，最诱人的莫过于节假日。那种时候，我的一切都是跟网络无关的。我一般隔上半个月回一趟老家，跟父母相聚。虽然我是一个儿子，但对于父母来说，我其实已跟我两个出嫁的姐姐没有两样。不回家的节假日里，上午我总是躺在床上度过，当然躺不纯粹为睡觉，更多的时候我是在读书或思考。我的大部分作品的灵感，就在这种时候悄然而至。下午的时间，我不外乎去新华书店和图书馆翻阅最近的书报刊。

有时，看累了书我也去杭城的一些景点逛逛，最爱去的地方是清河坊和葛岭。清河坊这条仿古老街，其浓厚的文化积淀，往往能让我透过历史的云烟，看到其作为古都繁花似锦的缩影。它不失为杭城的一部活历史。而葛岭的清静和闲雅，能让我充塞尘嚣的心灵得以净化，舒解在都市中生活所造成的不可避免的紧张感。

在杭城生活时间不长，再加之自己不善于交往，在这里结交的朋友不多，只三四个而已。这些朋友要么是以前的同事，要么就是志同道合的文友，我们时不时碰上一面，或一起吃饭谈心，或同去街上走走看看都市风情。偶尔也有远方来客到我处小住，因为这些来客是清一色的文艺圈的朋友，谈的话题自然不离文艺。那种时候，我会感到交流带来的无与伦比的快意。那几天里，我们经常彻夜长谈，所有的话语加起来肯定超过自己以往数月的累计。

像所有打工者一样，除了一些朋友和同事，我将自己牢牢地拘禁在狭小的圈子里，寂寞地过着自己的日子，几乎不跟这个城市里的人来往，因为在这些城市人眼里，我们永远是外人——一些入侵者。很多时候，我会明显地感觉到自己跟这座城市的格格不入。这样的时候，一种无以名状的孤独感总会咬吞我的整个心灵。

当然，作为一位写作者，我不会任孤独永远孤独，我总会抓住孤独的脉搏，让其在自己的心灵开花，衍化出一篇篇美妙的作品来。

愧　疚

六年前的一个冬夜，天气寒冷。临近十点，街上已人迹寥寥，整座城市显得异常空荡和冷清。我替单位办完事，赶往车站的途中，发觉前面巷口的那盏路灯下有个人影在晃动，心顿时因恐慌而急促地跳动起来。在这样的夜里，我不能不想到遭劫。后借着路灯昏黄的灯光，看清那人影是个十三四岁的男孩，怦然跳动的心才渐渐平息。于是，一如既往地朝前走。

可当我走到男孩跟前时，男孩突然张开双臂拦住了我的去路。我猛然一惊，立即停下了脚步，盯视着他，慌乱地问："干什么？你！"在这座城市里，小孩抢劫的事屡见不鲜，饥饿的孩子可什么都干得出来。

男孩似乎觉察了我的紧张和戒备，连忙收拢了双臂，操着夹带着浓重外地口音的普通话结结巴巴地对我说："叔叔，我不是抢东西的。我想向你讨些钱。我跟我爸走散了，身上没一分钱，你能给我二十块钱，让我回家去吗？"说完，用一种求助的眼神注视着我。

那是这座城市里的乞儿惯用的手法，他们的父亲说不定就隐藏在离他们不远处，窥视着这儿发生的一切呢！我这样断定着，懒得再去理会，轻蔑地哼了一声，想绕过男孩，继续赶自己的路。

然而让我始料不及的是，男孩突然一把拽住了我的衣角。我气愤极了，猛然回身，厉声喝问道："你想干什么？"语气冷如冰霜。

男孩明显被我的喝问吓住了，赶紧松开了手。他惊恐地愣在那里，可怜兮兮地呆望着我，良久才怯怯地说道："叔叔，我真的没钱回家了，你能不能……"

我用疑惑的目光审视着他，拿不定主意。说实在的，二十块钱在某些人看来微不足道，可对当时的我而言分量不轻，需要我累死累活地干一天搬运活！

正在这时，城市的大钟"当当当"地敲了十下，我一听想到末班车再过五分钟就要离站，而自己还有半里路要赶，便顾不上再在给不给钱那事上纠缠，撇下男孩兀自走了。我不想因误点，而在这寒冷而死寂的夜里徒步半夜。

可是走在路上，男孩孤立无援的神情不断在我的眼前映现，我禁不住想：万一那男孩一直讨不到钱，会不会……心，不由得变得沉重起来，脚步也随之迟滞不前……

终于，我返身朝男孩的方向走去。可等我回到那条狭长的小巷时，男孩已经不在了。我迎着刺骨的寒风四处寻找，但依然未见男孩的踪影。

后来，我离开了那座城市。那男孩是讨到钱回家了，还是最终沦落成了乞儿？迄今我不得而知。但每当回想那段生活，我的眼前总会浮现出那个男孩孤立无援的神情，一股深深的愧疚便会油然爬上心头……

正视疤痕

我的左小腿上有一道难看的疤痕，那是我在五年前留下的。

那年，我初到广州，迫于生计，在一家绝缘材料商店当仓管。说是仓管，其实还承担着搬运的任务。每天，我都在搬运货物中度过。而最让我苦不堪言的是，那段时间商店生意红火，进货频繁，我们几乎每夜都要加班加点。

一次货多，天将破晓，我们还在卸。整夜的劳作累得我身子简直散了架，双臂更是酸痛无力，我终于拿不住一块重达百斤的绝缘板，以致从我手中滑落，狠刮在左小腿上……

从此，我的左小腿上便遗留下了一道难看的疤痕。但我从不示人，也没将那段往事向任何人提起，只是将它深深地埋进心底。

去年暑假，我们组织举办了一次创作讲习班。班上，我认识了一位年轻的教师。他来自安徽，被分配在绍兴某个偏僻山区执教。据他说，他所在的学校建在两个山村之间的岭上，前不着店后不见村，又无公路可通，交通极为闭塞。他一年四季很难得进一趟城，更不要说吃上新鲜蔬菜和水果了。而最让他忍无可忍的是可怕的寂寞！因一放晚学，学生和是本地人的教师回家之后，整座学校乃至整个山岭，就只剩下了孤零零的他！跟我相识后，他一遍又一遍不厌其烦地向我讲诉生活的艰难，讲诉的过程中伴随着泪水和啜泣。

我在安慰他的同时，捋起了一向严实包裹的裤腿，第一次向他显示了左小腿上那道如蚯蚓般扭曲着的疤痕。

顿时，他看呆了！

这时，我向他讲述了那段久藏于内心深处、已渐遥远的往事。我说，当时我很憎恶那份生活，因为它使我饱受辛酸和痛苦；但现在我很感激那份生活，因为正是那份生活磨练了我的意志，让我养成了敢于向困苦挑战的性格！

其实，对于我们这些年轻人来说，目前缺乏的不是其他，而是类似于我左小腿上的那种疤痕。

守住最后一刻

那年，我抱着一份美好的梦想，背井离乡去广州打工。原以为能找到一份轻松如意的工作，意想不到的是，因为不具备大专以上学历，而只能在一家商店当仓管兼搬运。繁重的工作使我苦不堪言，又心有不甘。

为改变那种生活，我开始拼命地写作，企图借助写作这条途径，彻底摆脱眼前的困境。

功夫不负有心人。到了年底，加上以前的已刊发的作品，我在创作上取得了不小的收获，并如愿地加入了家乡所在县文学协会。

凭藉这些，我开始策划着跳槽。我留意报上的招聘启事，抄摘了近十家招收文字编辑的单位，准备集中"出击"。

去求职那天，我向商店经理请了假，由在广州长大的堂弟作陪，骑上三叔的那辆破脚踏车，"按图索骥"，前往应聘。

然而，事与意违，我们奔波了将近一天，应聘了七八家单位，结果却如出一辙：因为我没有工作经验，不具备大学本科以上学历，那些单位都不约而同地将我拒之门外。

临近下班，冬日血红的晚霞涂抹了城市的整个天空，我们还剩下最后一家单位——岭南美术出版社《今日装饰》编辑部尚未应聘。可是多次的碰壁，已让我心冷如灰。我犹似一匹累垮的马，再也打不起一丝精神来，垂头丧气地对堂弟说："我们回去吧！"

堂弟也已疲惫不堪，但他还是瞟了眼手腕上的表，振作精神劝阻我说："离下班还有半个多小时，去完最后一家吧！那儿离这里不远，穿过两条马路就到。"

我依旧沮丧地摇摇头，悲观地说："不去算了，我们都跑过七八家了，这家结果肯定也一样。我还是安安心心去干老行当吧！"说完，心头油然涌上一种无以名状的无奈和绝望。

堂弟扫了我一眼，似乎看穿了我的心思，用鼓励的语气再次劝慰我："最后一家了，再去试一下吧。说不定，成功就在最后一刻呢！"

鉴于堂弟的一片好意，我不好再回绝，沉默着想：是呀，我为什么不守住最后一刻呢！守住了，即使失败，也会问心无愧，因为自己努力过；否则，就会遗憾终生。想到这儿，我不再犹豫，同堂弟朝《今日装饰》编辑部赶去……

结果应了堂弟那句"成功就在最后一刻"，经过严格的面试和而后激烈的角逐，出乎意料地我被《今日装饰》编辑部聘用了。

这以后，我调换过几次单位，但因为有着《今日装饰》编辑部工作的那段经历和在那里取得的编辑成绩，始终顺理成章地从事着"编辑"这份职业。

回想那次求职，如果当初不守住那最后一刻，我想自己一定会返回那家商店工作，并从此丧失再次跳槽的勇气。那次"守住"，改变了我从业的道路，并使我生活的天空充满阳光。

埋于心底的那份痛

迷恋文学至今，写过不少回忆式的散文，但从未将小学时那件不堪回首的往事付诸于笔端，为的是免却触动埋于心底的那份痛。

那是我刚上小学五年级，学校派跟我父母有过争执的顾老师来担任我们的班主任。初见他时，我深感不安，惟恐他将跟我父母之间的矛盾转嫁到我头上。但稍后打消了那种顾虑，暗想：顾老师是老师呢！不至于那样吧！

然而，我想得太美好了。顾老师"走马上任"第一天就撤销了我连任三年的班长一职，并将我的座位由前二排中间调至末排靠墙。对于前者，我不以为然。但后者使我大伤脑筋。因体质弱之故，我一年级下半年时，眼睛就近视。而当时的农村像我这样年龄的学生几乎没有一个是戴眼镜的，所以父母未曾想过要为我配一副。以往每任班主任只要得知我近视，就会安排我在前几排坐。可这次，顾老师没有。我向他要求，他冷笑一声，说，都要坐到前面，后排叫谁去坐？之后，无论我如何费尽口舌，不再理会。

这以后，我这个"近视眼"只好坐在末排靠墙。但由于看不清黑板上的字，一堂课下来，根本不知老师讲些什么，学习成绩便一落千丈。更有甚者，顾老师明知我近视，却偏在他上的每堂语文课上用教鞭指着抄在黑板上的题目叫我回答。我答不上来，他就责令我站着，并当着同学的面对我热嘲冷讽，使我受尽了屈辱！

可面对这一切，我向父母只字不提！因那时是拖拉机手的父亲正遭受"一批双打"运动，家里被罚款 600 元（600 元在当时不是一个小数目!），我父母整天为筹款愁眉不展，闷闷不乐。我年纪虽小，但是个懂事的孩子，不忍心在那种时候，再给父母增添一丝不快，便独自默默地承受着！

由于我的不言，父母对我在校的处境一无所知，但我学习成绩一落千丈的事实最终却逃不过父亲的眼睛。父亲失望极了，愤怒极了！他无法容忍自己的儿子在短时间内由一名优生一下子降为差生，加之因运动导致心

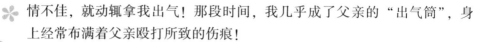

情不佳，就动辄拿我出气！那段时间，我几乎成了父亲的"出气筒"，身上经常布满着父亲殴打所致的伤痕！

　　家庭和学校的内外夹攻，让年幼的我再也无法忍受。我稚嫩的心在痛哭，在淌血！我对生活充满了绝望！好几次，我泪流满面地来到村后田畈间的那条河边，欲一死了之！那时我幼稚地认为：死了，就不必再遭受顾老师的侮辱和父亲的殴打了，也用不着再这般痛苦！

　　就在这时，父母瞧出了我的异常。在他们平心静气的询问下，我首次哭诉了自己的遭遇。父母听罢，不由得泪水涟涟。此后，父亲不再轻易打我，相反好言劝慰我、鼓励我。

　　两个月后，我终于以平平的成绩小学毕业了，从此摆脱了顾老师的侮辱，告别了那段暗无天日的岁月。

怀恋一首歌

现在很少能听到那首歌了。是的，那是一首老歌，它的流行已是很多年以前的事。

记得第一次听到那首歌，大概是在十年以前。那时我还是一名在校学生，未曾体验过生活的酸甜苦辣，听它的时候没有特别的感觉，它在我的心目中跟其他流行歌没什么两样。

后来的几年里，那首歌像其他很多流行歌的命运一样，红火了一阵子之后，冰融入水般销声匿迹了，我便自然而然地将它渐渐遗忘，恍如忘记一个印象模糊的梦。

与那首歌的再次邂逅，是在三年之后的一个深夜。那时我已是南方某个都市的打工者，每天挣扎在生存的底渊里，前途渺茫得像一盏熄灭已久的灯。那首歌从远处传来的时候，我正伙同那些搬运工卸着刚到的货物。

那悠扬的旋律连同催人振奋的歌词，刹那间紧攫住了我整个心灵！那一刻，我感到了自己浑身的血液都在沸腾，仿佛发现希望的灯火又在重新跳跃。我第一次真正感受到一首歌所蕴含的力量！

后来的半年里，我的景况有了彻底的改观。而那首歌又宛如一个梦般消逝了，很少再有机会听到。然而，每次聚会去卡拉 OK，我首次点唱的必定是它，而且演唱它的时候，总会一反常规地将感情深深融入进去，让平息已久的血液再次沸腾，让隐于心底的勇气再次涌现……

如今，跟那首歌萍水相逢已十多年了，惭愧的是迄今未知它的词作者是谁，曲作者是谁，甚至未知当时演唱它的是哪位歌手。当然，这一切对我而言也许并不重要，正像现在我写此文没告诉你那首歌的歌名一样，毫无必要。重要的是，它曾在我极度艰难、极度消沉之时深深地鼓舞了我，

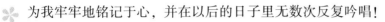

为我牢牢地铭记于心，并在以后的日子里无数次反复吟唱！

　　是的，它只是一首歌，一首在别人看来极其普通的歌，普通得让曾经听过它的人早已将它遗忘，但它值得我一辈子怀恋，并经久不息地吟唱。

行走的写作者

娘舅的牵挂

娘舅去世的那夜，我破天荒地梦见了他，梦里他一手撑着腰，一拐一拐地在场地上走。在我的记忆里，娘舅似乎从未在我的梦里出现过，这次梦见使我感到一种不祥的预兆。

临近中午，父亲打来了电话。我没等他开口便说："是舅舅没了？"父亲在电话那端迷惑地问："谁告诉你的？"我说，我昨夜已梦见了他。

第二天正午，我赶到娘舅家时，舅母一见面就告诉我，娘舅死前始终向她叨唠，说他没什么牵挂的，除了我还没成家。

对于我的成家问题，近几年来一直为娘舅所牵挂。我已记不清为了此事，娘舅曾特意来过我家多少趟。每次来，他总是委婉地劝我放低要求早日成家。

我是一个有主见的人，自二十岁以来我始终按着自己设计的路途生活，从没因为某人的干涉而轻易改变，娘舅的多次说项曾使我或多或少感到厌烦。为此，我要求母亲不要告诉娘舅我回家的日期。

原以为这样可以避免娘舅的干扰，可娘舅后来每次双休都要到我家来，无论我是否回家。有几次好不容易碰上了，他还是翻来覆去那几句老话，要我放低要求早日成家，说他有生之年希望看看我的媳妇。

为不拂却娘舅的那份好意，我违心向他撒谎说自己正在跟一位女孩考虑，如果顺利的话成家的日子不远了。娘舅听了信以为真，脸上不由露出了轻松的笑，好像放下了一桩沉重的心事。

可过不了多久，见我还是没有动静，他觉察出了其中的蹊跷，加速了劝说的频率。然而就在此时，他因腰伤病倒了。但病倒的娘舅并未因此而放弃对我的劝说，后来的日子里我每次回家去探望他，他跟我说的依旧是那个话题。

记得最后的那次劝说，他已预感到了自己的来日不远，他向我和我父亲交代了后事之后，伤感而不无失落地对我说："我的日子不长了，看不到你成家了……"我听出了他话语中的那份深深的遗憾，心头有一种说不出的难受。第一次，我郑重地答应了娘舅的嘱咐，并真切地感受到了他的那份关爱。

　　总以为一向健朗的娘舅不会这样轻易地逝去，可病痛最终还是夺走了他的生命。我来到他的灵前，注视着静静地躺着的他，心头涌上一种无以名状的愧疚。我默默地念道："舅舅，对不起，我没能了却你的那份心意，你为什么不再等等呢！"

　　第二天凌晨，灵车驶向殡仪馆的路上，我听着那摧心的衰曲，眼前油然浮现娘舅劝说我的情景。而如今，这样的情景不会再有，它将随着娘舅的去世而永远逝去，我的泪水止不住夺眶而出……

温暖心灵的片段

每一个人的记忆深处，总隐藏着那么一些片段，它们恰似一盏盏的灯火，照耀着我们的心灵，使我们时不时地感到温暖。

我这里要讲述的第一个片段，发生在八年前的一个仲秋。那时我在杭州工作，母亲带大外甥女来我处小住。就在他们暂住期间，有一晚单位临时提出要我加班。由于当时我的住处没装电话，我自然无法通知到母亲。

等我加班完离开单位，已是深夜十点多钟。我心急火燎地赶回住处时，母亲和大外甥女心神不宁地坐着。大外甥女一见我进门，就高兴地跳起来，她惊喜地喊叫道："舅舅回来了，舅舅回来了！"表现出了前所未有的激动。母亲则心有余悸地说："你怎么这么迟回来？真是急死我们了。"

后来母亲告诉我，在我未回住处之前，大外甥女问了她数次："舅舅怎么还不回来？舅舅怎么还不回来？"那个晚上，她除了问那句话，不说其他任何话，而且一直静静地呆着等我。母亲说，她从未见过大外甥女如此安静过。

话音未落，我的眼窝里蕴满了泪水，为那无以名状的感动。

那一年，我的大外甥女虚岁四岁，她是一个极其顽皮的女孩。

第二个片段发生的时间，是七年前一个初冬的午后。那年我在家乡的小镇上，花血本创办了一家文印社。为改变生意清淡的局面，还负债添置了一台复印机。可意想不到的是，我陷入了一个奸商的陷阱，购买的复印机竟近乎于废物。

那是一个寒冷的午后，天吱咚吱咚地下着雨。我忙乱地修理着那台复印机，心情跟天气一样合拍。那台复印机的价格，可是我全家当时三年的收入呀。正当我极度气愤和沮丧时，店门外有人在喊我的名字。那是一种熟悉而久违的声音。

我停下活儿抬头望去，不由地一下子呆住了！站在门口的竟是我的一

第一辑　印刻在心灵的足迹

个知心朋友。他背着一只硕大的包，浑身湿漉漉的。我惊喜地问："你怎么来了？"他接过话头说："我怎么不能来呀？知道你处境艰难，特地来看看你。"

我所处的偏僻小镇，距他所在的城市可有两百公里的路途呀。而且，他从未来过这里。我很难想象他是怎么找到这里的。

顿时，我感动得无言以答。

他的到来，那个下午在我心里，变得温暖无比。

感动我的第三个片段，发生于1997年的残冬。那年，我轻信了一个貌似忠厚的奸商，向他购买了一台报废的复印机。这一次的意外受骗，将我生意清淡的文印社推向了深渊。

事情明了之后，我不甘心就此罢休，连同父亲一道上城去交涉。可是，那个奸商的骗局天衣无缝，我们最终抓不到一丝把柄，折腾了一天后怏怏而归。

走出他的商店，我一想到因为自己的轻信，一下子损失了很大一笔钱，而这笔钱需要家里省吃俭用还上三年，内心便充满了无以名状的愧疚，我止不住当着父亲的面流泪了："我不该不听你们的劝，执意开这家文印社，我对不起家里……"

我知道那一刻父亲的心里比我还难受，可是他的脸上没有丝毫的流露，他只是伸过来一条臂紧紧地搂住了我，然后用一种温和的口气劝慰我："不要再去想那些事，就当我们生了一次病。只要身体健康，哪些钱算什么?!"

那晚因为已经七点多，没有了回家的班车，我们就迎着寒风步行回家。一路上，我的父亲就这样紧紧地搂着我，紧紧地搂着我……

……

在我的记忆深处，这样的片段还有很多，它们抵御着外界的冷漠，时刻感动着我。因为这样的片段的存在，我才意识到自己是多么幸福！

父爱似伞

那年初春，我苦苦支撑的文印社，由于生意清淡倒闭了。关门那天，下着滂沱大雨，我不顾一切冲进雨幕里，任凭疯狂的雨水侵袭，心里希望雨下得大些，再大些，好将心头的苦涩、失落、绝望冲刷得干干净净。

雨，很快淋透了我的全身，但我浑然不觉。那时，我只想放声痛哭，让眼泪和哭声来祭奠心头那个营造多时，为之付出了许多，最终却飘落了的梦！可是，我流不出一滴眼泪。

正当我在雨中掉魂、失神而绝望地逛荡时，有一把伞稳稳地撑在了我的头顶。我漠然地斜视了一眼，是父亲！

于是，我停住了脚步，将脸扭向了一边，不敢去瞧父亲的眼睛。我静静地等待着他的埋怨，甚至于呵斥！为创办文印社，我花尽了家里的积蓄，还借了一大笔债。而在未办之前，父母曾苦口婆心地劝阻，要我改变主意，可我固执己见，贸然从事。

然而，父亲没有丝毫怨言，相反，我感觉到他用手臂以从未有过的亲昵拥紧了我的肩，继而，柔声地劝慰道："不要再去想文印社了，关闭了就关闭了，以后有机会再开过，到时我和你娘还支持你！现在回家吧，别让雨淋出病来……"

顿时，我心里一热，再也按捺不住内心的激动，转过脸去，只见父亲静静地正视着我，眼中流动着一弯充满爱怜和鼓励的笑意。泪，倏忽溢满了我的双眼……

在那一刻，我深深感受到了父亲的爱。我觉得它像撑在头顶的那把伞，当我生活的天空一片晴朗时，它悄然收起存放在阴暗的角落里，不为我所见；当我的生活中风雨交加时，它会毅然撑开，为我挡风遮雨。

　　哦，似伞父爱！

娘住院的日子里

摘完春茶，娘明显地削瘦下来，去医院检查了一下，查出是甲亢。

吃了一段时间的药，娘的病不仅不见好转，反而瘦得失了形，且开始浑身发黄。爹便陪着娘再次来医院。

经查娘是高过敏体质，治疗甲亢的药产生过敏，损伤了娘的肝功能。确定了病症，那位医生要求娘当天就住院治疗，说否则有性命危险。

我和爹听罢都吓愣了！我全家除大姐生产时住过院，没有住院的经历，现娘竟病得要住院，内心的恐慌可想而知。

当天，因未带足够的钱，我托医院的一位朋友先安排娘住进了院，爹赶回家去取钱。晚上，我打电话回家，问爹钱准备得怎么样了，爹说准备好了。我听出爹的嗓子很沙哑，赶忙问，你怎么了？爹没直接回答，停顿了一会嘱咐道，你劝劝你娘，叫她不要担心。我应着，禁不住泪水涟涟，我担心娘的病。

进病房前，我去水笼头处冲了把脸，然后强装笑颜出现在娘的面前。这一夜，我始终装出一副轻松的样子，陪着娘聊天，并特意将娘的病说得很轻、很轻，心里却愁得发慌。

第二天，爹很早就来了，同来的还有大姐。大姐背着爹和娘，偷偷地告诉我，昨天回家，爹哭得很凶。她说她从未见爹如此哭过。我听了，心头发酸，泪水止不住在心田流淌。

这天，我们一刻不离地陪着娘。临近傍晚，大姐因家有不足两岁的女儿，赶回去了。爹留下来陪娘。

夜里，我回城里的租房。呆在异常冷清的租房里，我想着娘的病，一种强烈的恐惧感像一只手紧紧地攥住了我的心，我担心娘会离我们而去，便再也忍不住二十岁以来第一次放声痛哭起来……

这以后的日子里，我每天陪在娘的床边。那些天，我改变了写作养成的睡懒觉的习惯，每天天未亮就醒过来，再也无法入眠，起床赶往医院。那些天，常常是深夜了，我还呆坐在租房里，为娘默默祈祷，保佑娘的病早日好转。那些天，我的整个心里都装着娘的病，无心涉及其他，我觉得比起娘，自己所有的一切一切都是那么无足轻重，甚至于微不足道！

经过十天的住院治疗，娘的病终于基本好转了。当医生告知这个检查结果时，我心头攫着的那只手渐渐地放开了，脸上近半个月来首次露出了真正的笑容。

出院那天，天阴沉沉的，还飘起了霏霏细雨，但在我心里却是从未有过的晴朗。那一天是我有生以来最快乐的一天。

诗人已逝魂永存

王传中老师离世已四月有余，作为他生前最要好的文友，我还未曾为他写下只字片语，在某些人眼里我估计已是个无义者。其实，在王传中老师离世至今的这段日子里，我几乎每天都在回忆与他交往的点滴，时常沉浸于他远逝的伤痛之中。之所以迟迟没有动笔，是惟恐自己文字的无力，无法准确表达他予我的恩情。

我跟王传中老师是1993年认识的，这个所谓的"认识"仅限于书信。那个时候我高考落榜已近两年，一边工作一边做着作家梦，写了一批少儿小说，到外面投稿均无音讯，只能发在内刊《少年文艺报》上。其中有一篇，与王老师的诗歌同版。说实话，当时的我还只是一个初学者，不很明晰写作应承担的职责，只希望能冠以"作家"的头衔，来满足自己的虚荣心，所以王老师被我所注意，并非他的那首诗歌，而是附在诗歌末的简介——绍兴县文协副秘书长。在我的认识里，"文协"应该类似于"作协"，便急迫地写信给他，希望成为其中一员。

如我所愿，王老师很快复了信，并附来一份入会申请表。但让我意想不到的是，之后王老师尽管竭尽全力，但我始终未被吸纳进去，直到1994年10月底，我给县文联主席写了信，才得到一本不编号的会员证。而在此期间，我因离乡在广州打工，虽未跟王老师见过面，但一直受到他的关爱，他不仅时常来信鼓励我写下去，还推荐我的成人小说处女作，在老家的《百草园》杂志上发表。这对当时身处逆境的我，无疑是一种莫大的支持。在我的眼里，他充当着修伞人的角色：

修伞的人，坐在暖融的太阳底下/缝补经年的雨天。修伞的人/能在晴天看到下雨的时候/能把脆弱的骨骼扶直/把风湿的关节所能支撑的力度/重要地纠正/这样的长跑就会很有信心//而我看到修伞的人脱胎换骨/是在很多年以后的早晨。雨过天晴/卖冰棍的太阳伞下，修伞的人/吆喝炎热的夏天//大群运动员经过这里解渴/他们随意而疲惫地靠近冬青/就听见修伞的人撑开收拢的话筒/"请你们不要折断树枝/他们的生长需要每一次爱护"（王传中《修伞的人》）。

1995 年秋，漂泊两年之久的我，终于暂时回归了老家，第一次跟王老师见面。可让我深感意外的是，在整整两年时间里，一直以"兄弟"呼我的他，竟然是我父母的同辈人。这一方面见证了他的谦逊，不像某些作家习惯于倚老卖老，另方面表明他的胸腔里，跳动的是一颗年轻的心，因为通过他的诸多诗歌，无不让我感受到青春常在。那次相见，虽然让我确切了解了他的年龄，但并未为此产生任何隔阂，只是让我多了一份对他的敬重。

但我对王老师真正的了解，是在 1997 年 4 月之后。当时，我在家乡小镇上开店失败，前往绍兴县文联当临时工。由于我俩的单位相距很近，又有着以往建立的情谊，他自然成了我最亲近的师友，每当我创作上有得失、生活上遇到困难时，倾诉的首个对象必定是他。渐渐地，我跟他之间的那种关系，不再局限在文学的范畴之内，而升华为没有血缘的亲情。他从对我的无比关爱，一直延伸到了我的家人，甚至于我的一些亲戚。

深深地记得，在我绍兴工作的四年里，我俩无数次在他食堂就餐，每次总是他买单请客，我们总是面对面坐着，合饮着一瓶啤酒，他有一点跟我一样，喝不了几口就脸红，我们互相推让着，说自己酒力不行，企图让对方多饮一些。每次饭后，我都随他去他的办公室，那里简陋而不失清静，我喝着他给我沏的绿茶，跟他漫无边际地长聊，但话题总绕不开文学，以及跟文学相关的人事。

他自己独身，但很关心我的婚姻。有次，朋友帮我介绍了一个女孩，正好是他们医院的护士。他知道后到处打听，了解到她曾因男友生病而将其抛弃，便认为她是一个势利的女孩，建议我中断跟她的联系。而当我后来在杭州，跟我妻子（当时的女友）恋爱时，他闻讯非常高兴，不仅来电祝贺，还在关于我的一篇印象记里，兴味盎然地写道："一位西子姑娘深为他的文学才华所动，将与他结为秦晋之好……"用文字的形式，第一个

行走的写作者

将喜讯传达给我其他师友。

而凡我的家人和亲戚或生育或治病或住院，他总是义无反顾地放下手头的工作，亲自领着他们去挂号、排队、看望，有时甚至于付款。他留下他们较为一致的印象：走路特快。这也许是他军人出身的缘故吧。而他们对他唯一的评介："人真好！"我的父辈喊他"王老师"，我的同辈喊他"叔叔"，我的下辈喊他"外公"。当他们从我口中得知，他不幸离世的噩耗时，无不深感震惊和痛惜。

通过跟王老师的深入交往和了解，我无不感受到他的正直、执著和重感情，但很多不了解他的人总对他存在误解，认为他是一个性格孤僻、难以亲近的人。我刚到绍兴县文联工作初期，好多文友得知我跟他关系密切，无不表现出不可思议的神情。后来我才了解到，他们之所以持有那样的看法，是因为他曾为感情神经错乱过，还由于直到现在依然孤身一人。他们看到了事物的一面，却忽视了它的另一面：那岂不正说明了他的执着和重感情？

也正因为这个因素的存在，加上王老师固有的文人的清高，尽管他对文学像生命一样热爱，且在诗歌和影评领域硕果累累，但依然被当地文坛所漠然和排斥，他几乎无缘当地的每一个文学奖项，甚至发表作品都显得异常艰难。特别值得一提的是，当一些根本不知文学为何物的人，都通过关系轻而易举加入了省作协，而他写作数十年发表作品无数，竟然数次被拒于省作协的门外，直至离世还只是市作协会员！

然而，参加省作协一直是他的心愿。为此，我曾建议他活动一下，但他似乎不为所动。在我跟省作协有了近距离的接触，对吸纳会员一套有更深了解时，正好他来省城参加政工方面的培训，我便再次向他提出了建议，并承诺帮他邀来那些"权威"，一起吃顿饭拉一下关系，但他又一次表示了婉拒。也许在他的认识里，那样做似乎是可耻的。他期望通过自己的作品，来打开省作协那扇大门，这正如他的《我坚强地顶着雨行走》所唱：

我坚强地顶着雨在大地上行走/此刻的雨，毫无落入玉盘的意思/我听到音乐，同时雨打芭蕉/我的头发没有叶帽覆盖/只有黑色植物高高在上，只有被雨/丢弃什么，我的距离才发生改变//而我的寻找和我的步履一样/

义无反顾。我无法让雨倒回/我坚持向前行走，设法想象/忘在家中的谚语，此刻如果迅速撑开/那么周围的空气，粮食和道路/就会顷刻清新起来。就会使晴朗/依偎在身旁。一小片天气预报/就会愉快地和我回到家中//然而现在我依然顶着雨行走/我不需要什么呼喊，我和大地/经历并且融合。艰难的前方/节气充沛地湿透我秋天的衣裳。

而特别让我敬畏的，莫过于他为人的正直。1999 年下半年，我因受到当地文坛某些掌权者的排挤，被迫离开了绍兴县文联。当时，曾经要好的一些文友，为了自己的利益的考虑，暴露了势利的本性，纷纷疏远和冷落了我，而他和其他一些正直者，不顾自身的切实利益，旗帜鲜明地站在了我这边，以致于后来的日子里，在我离开绍兴赴杭州后，都被当地文坛划入另册，一直备受排斥和打击，尤其他的遭遇更甚。

我 2000 年到达杭州后，跟王老师的距离远了，加上整天为生活奔波，与王老师的见面日益渐少，但我们保持着密切的联系，每当我创作上有新的收获，必定会打电话告知他，而他也在时刻关注我的发展，几乎每次老家的报纸宣传我，他都会细心收藏起样报，然后用挂号信邮寄给我。而每次有机会来杭州，无论事务多么繁忙，都会抽空跟我面聊。而我也是如此，有机会去老家城里，也必定前去拜望他。

记得在他生前最后一次见面，是在 2007 年 10 月 20 日下午。那天上午，我回老家途中，接大姐电话，叫我在城里暂留，帮外甥女炀炀配眼镜。因为外甥女有弱视倾向，为了验光验得准确一些，便去王老师所在医院检查。去之前我打了电话给王老师，他正好在参加县总工会的活动，因为他是医院工会副主席。但他还是打电话给医生，请她对我们多加关照。下午我们正在配镜片，工会那边的活动还没结束，他就急匆匆地赶了过来。

那次见面，他告诉我计划年底新出一本诗集，退休后陪着老父去旅游，写一部长篇自传体散文。问及我最近有什么新作问世时，我提到当年《西湖》12 期将发我的作品小辑，他不断地叮咛道："到时一定寄一本给我。"因为当时已近黄昏，我们还赶着回家，与王老师未能深谈，只在眼镜门市部作了简单交流，然后便挥手告别。直到现在，他站在路口不断挥手的情景，还清晰地印在我的脑海里。

到了那年的 12 月，我的作品小辑，如期在《西湖》刊发。但我没有寄给他，只放了一本在包里，以备春节后去城里，拜望他时当面交给他。然而很遗憾，那年春节后，我虽然去了一次城里——吃表外甥女的喜酒，但因为男方没准备住宿，吃完喜酒便送我们回家，我根本无暇跟王老师见面。春节过后一上班，接受了杭州市文联的任务，突击写抗雪救灾的报告文学，那本《西湖》虽一直放在包里，但终于没有工夫寄出去。

2008 年 2 月 21 日下午，因杭州市文联的任务非常紧迫，我正全心投入于那篇报告文学中时，接到了绍兴张建之老师的电话，他告诉我王老师从楼上摔下来，听别人跟他说伤势非常严重。他清楚我跟王老师的那份情谊，所以特地打电话来转告我。我听罢，立即打王老师的手机，提示已关机；又打他的办公电话，无人接听。我顿时预感到了一种不祥。后打电话到医院总机，接线的给我转到了病房。接电话的是治疗他的医生，说王老师处于深度昏迷状态，生还的希望已经很渺茫。

我追问造成王老师生命垂危的原因，那位医生顿时言语变得吞吐，后便推说不是很清楚，但提供了王老师大妹的电话。在王老师大妹处，我才得知详情：2008 年 1 月 31 日那天，王老师所在医院病人家属闹事，堵死了医院领导办公楼的大门，王老师因要出席县总工会的紧急会议，在无法突围的情况下选择了翻楼，结果不慎失足从三楼摔了下来。从那时起，他就一直昏迷不醒。我闻讯，震惊不已！那一刻，我才突悟，大年夜发祝贺短讯给他，为什么意外地没有回复！

通完电话后，已到下班时间，我收拾包回家。因那天恰逢元宵，杭城非常热闹，一路过去爆竹震天，但我内心无比疼痛。我无法接受壮志未酬的王老师，竟然将要那么早地离我们而去！当天晚上，我停止写作，深陷在巨大的伤痛之中，泪水几度湿润了我的面庞。我无数次双手合十，求助上苍降临奇迹，挽留王老师的生命，让他完成未了的心愿——新出一本诗集，退休后陪着老父去旅游，写一部长篇自传体散文。

但生命不可逆转。2 月 28 日那天，绍兴谢方儿老师发来短讯，告知王老师于昨日中午离世。第二天，我获悉他的追悼会将于 3 月 1 日召开，赶紧打电话给张建之老师，委托他帮我预订一个上好的花篮。其实，21 日至

28 日的七天里，我一直处在极度矛盾中，一方面想去探望病危的王老师，另一方面我又害怕面对他。因为在此期间，张建之老师曾来电给我，说他去探望过王老师，他已昏迷不醒，而且面目削瘦，目睹令人凄惨。我希望留一个美好的他，永远在我的心目里！

3 月 2 日，在追悼会上，我面对着王老师，禁不住泪如雨下。在追悼会现场，我第一次见到了他的弟妹，他大妹哭着告诉我，她哥哥经常有提到我。但我清楚无论再怎么提，除了我和他自己，不可能有第三个人，能真切体会到我们的感情！我们不是亲人，但胜似亲人。我们的交往，不夹杂世俗的成分，是那么的纯真和透彻，可它又是那么的光亮，就算现在他已经离去，留下来的余温，仍足以温暖我整个心灵。

那个时代的糖

在这个零食"通货膨胀"的时代里，我不清楚现在每年的儿童节，学校还会发给孩子一些什么，但我可以确定无论发什么，都激不起他们心头点滴的喜悦了。

我们那个时代，学校给我们发糖——那种目前已差不多被淘汰的硬糖，当时我们称之为"颗头糖"。在我的记忆里，那个零食缺席的年代里，硬糖算是一种奢侈的食品了，平时我们几乎未能吃到，只有在儿童节才有这种口福。

记得，发糖总是在第一节课，十二岁以下学生每人六颗。接下去的时间里，那六颗糖成了我们思想的聚集点。我们将它们放进裤袋里，用手攥成拳紧紧地捏着，生怕它们插翅飞走似的，心也同时被捏在了一起。老师在课堂上讲些什么，都成了我们脑袋里的空白。

我们不约而同地盼着下课，好幸福地享用那手心里的"宝贝"。而那个时候，四十五分钟一节课显得特别漫长，长得让个别孩子失去了耐心，他们就再也捱不到下课了，私下剥掉糖纸时刻准备着，趁老师背过身去那一刻，飞快地将裸着的糖含进嘴里。

我从来都是一个"坚强"的孩子，每次总能勉强抵挡住糖的诱惑，"挺"到中午放学时分。但在回家的路上，我再也坚持不下去了，开始向糖们"缴械投降"。我会急不可待地伸进袋里，掏出那些被攥得发潮的糖，整齐地排列在摊开的掌心，然后拣出其中一颗喂进嘴里……

尽管那是些硬糖，坚硬如铁；尽管喂进嘴里后，小心翼翼地含着；尽量不去触动它，但感觉它化得还是特别快，不一会儿就消失得无影无踪！而这个时候，自己才尝到甜头，食欲便被猛烈搅动了。

于是，我会毫不迟疑地掏出第二颗。可剥开糖纸后，我开始犹豫了，暗里提醒自己："不能再吃了，不能再吃了。"重新包好糖纸，放回裤袋里。但走出不几步，我又忍不住取出来，说服自己道："再吃一颗吧，回家后不吃就行了。"

可要命的是，这次的糖化得似乎更快了，仿佛就在一眨眼的工夫。而这时的食欲，被搅得更厉害了，翻江倒海似的。就在这个时候，第三颗糖便被自然地捉进手里。

　　但这次，它没有被掏出裤袋来。我想到了家里还有父亲、母亲和两个姐姐，如果吃掉这颗就平分不了了，而他们也已经很久很久没吃过糖了。最终，我手里紧攥着剩下的四颗糖，艰难地跟食欲作斗争，一步一步地走回家去……

　　此刻，当我写下这些有关糖的文字时，已预见了阅读它的孩子脸上的诧异。但我一点也不觉得意外，因为对于这个时代而言，那个时代的一切总是那么不可思议。

母亲的鸡蛋罐

自从我成家之后，父母很少来杭州了。父亲要打理田地里的事，母亲则养了一大批家畜，俩人整天忙得脱不开身。父母没空来杭州，只得我回老家去。而我每次来回，总带着一只罐。那是一只糖果罐，透明的塑料制成的，外观呈现八棱形状，直径和高均在一尺许。

这只糖果罐，是母亲从大姐店里要来，专门用来装鸡蛋的。母亲在我结婚后，特地养了一群母鸡，大概有七八只吧。母亲养这些母鸡，是用来生鸡蛋的。而生下来的鸡蛋，全部供给我的小家庭。她认为城里卖的那些蛋，都是饲料喂的鸡鸭生的，没有什么营养可言。

土生土养的笨鸡蛋，不要说在城市里了，就是在农村也极为稀缺。那些有产妇的家庭，听说我家养了一群母鸡，纷至沓来前往购买，但母亲总以"我养的鸡生的蛋，是给我孙子吃的"，婉拒那些慕名而来的购买者，使他们无不乘兴而来败兴而归。

当然，偶尔也有那么一二个人，他们是我老家的邻居，缠着我母亲好说歹说的，母亲实在抹不开情面了，只得勉强答应下来，但数量不会超过十只。事后，她总会不无惋惜地对我说："就是那个，说了半天，只好卖给了她几只，要不还会多一些。"

儿子卢聪出生后，我比以前忙了不少，不再频繁地回老家。每次回去那么一趟，母亲已积了不少鸡蛋。于是，如何在那只糖果罐里，装上尽可能多的鸡蛋，成了母亲最为头痛的事情。母亲也曾建议装上两罐，但我每次要拿的实在太多，她只得放弃了那个念头。

两罐拿不下，只能装一罐。母亲就在一罐里下功夫。每次我返杭州之前，她就早早烧好午饭，蹲在杂物间里装鸡蛋。她一只只小心放进去，一层又一层地叠上来，叠到已经叠不下了，发现跟罐口还有距离，便二话不说把放好的蛋，重新取出来再叠过，要么将蛋由横放改为竖放，要么由竖放改为横放，甚至于竖横交错叠放。反正都要蛋层离罐口，间隙小得实在不能再小，她才会满意地站起身。

　　好几次，我跟父亲饭都吃好了，她竟然还在装鸡蛋。有一次，我跟父亲实在看不过去了，对母亲的做法提出了异议。结果就是那一次，母亲发脾气了，冲着我们嚷："我还不想多装几只！这些鸡蛋不装进去，时间放长了，还怎么吃？"她压根儿没想到，自己和父亲也可以吃。

　　母亲舍不得吃鸡蛋，总要千方百计装进那只罐，让我拿到杭州给我们吃。但我每次从罐里取鸡蛋时，总免不了要搞破三四只。不是我出手重不小心，而是那些蛋挤得太实，你若不用一点劲儿，根本无法取出来。然而，我从未告诉过母亲。我怕母亲听了，以为不领她的情，徒使她伤心。

　　妻子是城里长大的，饮食习惯跟我不同。开始的时候，凡挤破的鸡蛋，她都随手扔掉，就连蛋黄散的，也作为废蛋处理。我劝说过好几回，她都充耳不闻。终于，有一年春节，我们回老家过完年，在临返杭州的中午，她目睹了母亲装蛋的过程。这以后，她不再轻易扔掉一只蛋，除非破得只剩下蛋壳的。

　　在我没有结婚时，父母曾多次说过，等你以后结婚了，在杭州买了房，我们也不住农村了，一起到杭州去，一家人住在一起。可等我买了房结了婚，特地为他们备好房间后，他们却动摇了起初的念想，依然留在了农村老家，为儿子一家生活得更好，继续忙碌和辛苦着。

　　他们奉献给我们的，不光光是笨鸡蛋，还有土鸡土鸭、蔬菜大米、鱼肉水果……所有的农产品。他们偶尔来趟杭州，总是肩挑手提的，恨不得把老家的一切，都搬来给我们享用。而当我们嚼咀着那些土产时，他们的脸上漾着欢快的笑容，似乎感到了前所未有的幸福。

　　然而，每当那个时刻，我的内心总是满怀愧疚，并会油然想起那只鸡蛋罐。我觉得自己对于父母，好像那只鸡蛋罐带回老家时，里面总是空空如也；而父母对于我，则像它刚被我从老家带出来时，里面装着满满实实的。

时光远逝情永存

在我九岁那年初春，祖母离我们而去。记得那个寒冷的清晨，我同一些大人一起，守护在祖母的床边。看到大人伤神的样子，我不断地哭泣。慧粮见状，也跟着抽泣。那年，慧粮七岁，是我的跟屁虫。

慧粮是我三爹的小儿子，也是我唯一的堂弟。在众中堂兄弟中，我们是最小的两个。从我记事开始，我俩就同住在一个院子里，由共同的祖母带着，一起生活一起玩耍，是亲密无间的玩伴。

祖母离世后，他全家迁到了广州。后来的十多年里，我们只见过一次。那次，在他八岁那年，随同胞兄慧春来老家办事。因他耳边生了"淋巴结"，我父母背着他去邻镇，一位民间老中医处就诊。二年前我也去过那里，也是因为生"淋巴结"。

那次，还有一件事，让我记忆犹新。我与他两个小孩，负着大人的使命，步行五六里，翻山越岭去他外婆家，传达大人让我们传达的话。至于是什么话，如今我已忘记。我只记得到他外婆家后，趴在她家的门面上，透过门缝，一边朝里张望，一边喊"外婆、外婆"。

那次相见后，一直到我二十三岁，才再一次相聚。那次相聚，是我去广州打工。到广州站的时候，有他和三爹来接我。见面的那刻，几乎不敢认了。我们都由小屁孩，长大成了小伙子，外貌都有所改变。不过，心头的那份情没变。

之后，在广州打工的近两年里，我有一半以上时间住在他家。我跟他同住在一间房里，同睡在一张床上。当时，他在读大学，我先在商店打工，后进入一家编辑部。我们经常利用空闲时间，结伴去逛街。在街上，我们用绍兴方言，高声点评迎面而来的女子，反正她们听不懂我们说些什么。

在我跟慧粮相处的时期，他已有意识地练习做生意。记得有意思的一次经历：那年的圣诞节前夕，我陪他去一家暗夜酒吧，推销圣诞礼品。通过我们的努力，终于说服了老板，做成一笔小生意。同时，认识了一位漂亮女生，她是那家酒吧的主管。

生意成交后，因那位女生出了力，为表示对她的谢意，我们送了一束玫瑰花。当然，送花的任务，交由慧粮完成。在向女生献殷勤方面，我一直缺乏胆量，而他堪称能手。呵呵。这或许跟他性格相关，相对比较外向。

重点需要提及的是，我的这个堂弟，参与改变了我的命运。那是一次看似平常的找工，但实则是我事业的转折点。那次因为他的鼓励，我在失败多次之后，硬着头皮应聘了最后一家单位。也正由于那最后的一搏，使我从此告别了体力活，走上了白领阶层的道路。

在相处的近两年里，我们有过欢笑，但也有过争吵。记得有一次，也不知是为了什么事，我们之间闹起了别扭。那次别扭闹得挺严重，整整一个星期没说话。后来他通过我的日记，了解到那只是一场误会。在他家对面的那个公园里，我们不约而同地流下了内疚的眼泪。

误会消除不久，我因工作的原因，准备离开广州。送我上车的还是慧粮，因为只有一张站台票，三爹只能送进车站为止。直至此刻，我依旧清晰地记得：在站台上，当列车缓缓开动的时候，流泪满面的慧粮，跟随着列车拼命奔跑。那动人的一幕，也许让我永生难忘。

接下来的日子里，我们通了一段时间的信，但最终因忙碌而中断了。我回老家后，先在杭州呆了一年，继而回绍兴城里，最后定居杭州，一路辗转而奔波。慧粮也步入了社会，跑业务、搞推销，目前拥有了一家广告公司，其中也有难以诉说的艰辛。

我们再一次相见，在2007年劳动节期间，慧粮来江浙旅游途经杭州。那时，我已在杭州安家，把他从宾馆接到我家。我俩喝老家黄酒到深夜，然后并肩躺在床上闲聊。慧粮突然说："我们又躺在了一起，真像做梦一样。"我听了，心头油然一动，旧景复现眼前。

那次，他在杭州只作短暂停留。相见的第二天早上，我送他上旅游团的专车前，我们在吴山广场的凉亭里，玩他从宜兴买来的紫砂壶。那把紫砂壶工艺有些特别，当你把杯子放到它壶口时，壶里的水会自动流出来。在我们把玩的当儿，旁边站满了围观的人。那一刻，我们快乐得像两个小孩。

那次分手后，我们一直保持着联系，痛苦着对方的痛苦，快乐着对方的快乐。前些天，他发新生儿的照片给我时，我突然意识到时间过得真快，转眼间已都为人父亲了。那些青葱的岁月，已如扁舟随时光流逝，徒留心底的一份深情，可令我们嚼咀一生。

曾经的寄拜爹

大约十岁的光景，有个算命的说，我这个人有些难养，最好能够"寄"出去。于是，家里给我找了个寄拜娘，顺便也就有了个寄拜爹。

那个时候，寄拜爹快五十岁了，在生产队当副业队队长，每天带着十来个妇女，"服伺"村外一大片果林。尽管他长得牛高马大的，但说起话来和缓得很，按父亲的话说："就算给人打了巴掌，都不太会出声。"寄拜后，我们两家不单逢年过节，平时也频繁地走动起来。那段时间，我天天去他家玩。寄拜爹呢，也几乎每晚到我家来串门。他总跟其他几个邻居，围坐在我家的八仙桌旁，就着一盏煤油灯的光，听是大队拖拉机手的父亲，讲述外地的一些奇闻怪事。

让我印象最深的是，每次他一落座，不出一支烟工夫，就会双手捂着茶杯，阖着那对疲惫的双眼，一个劲儿地打瞌睡。但他未必真的在睡，因为当父亲讲到惊险处，他总会突然插上几句嘴。

寄拜爹待我很好，不时地利用工作之便，在副业队里"捎"几个梨，趁无人之际悄悄地塞给我。他家的其他人也不错，都把我当做自己人。最让人感动的是，寄拜爹的老父老母，待我比自己孙子还亲，家里攒下了几只蛋，首先想到的是给我吃。

然而，好景不长。过了不到两年，我们两家就断交了！原因很简单：当时分田到户了，我家买有一张塑料布，用来晾刚收割的稻谷。那年秋收，寄拜爹家动手比我家早，借走了我家的塑料布。过了几天，我家也要收割了，上他家去讨。不知咋的，寄拜娘竟然不高兴了。

随后到来的一次节日，寄拜爹家破天荒没叫上我家。我家自然也以牙还牙，接下去的节日里，也特地没去喊他家。这样一去一来，矛盾就很明显。接下去的日子里，寄拜娘见了我，不理不睬的，喊她也不应。有过如此几回，不光对寄拜娘，对她家其他人，我也不好意思喊了。到了那年年底，两家已形同陌路。

后来，随着我年岁的增大，几乎淡忘了寄拜这事时，有一天父亲突然告诉我："老南瓜（寄拜爹的绰号）说，你现在是风头上的人了，不能再跟×××那些人来往。还说，你跟同行一起喝酒，一定要多加防备。"父亲还说，他提到我的时候，还跟当初一样，口口声声"我家钢粮，我家钢粮"的。

我听了，尽管觉得他的担心是完全多虑的，但心头还是被深深地触动了。我无法想象时过景迁，都过五分之一个世纪了，他竟然还能这样惦记我，为他曾经的一个寄子。但我终究没有说什么，只是淡淡地一笑了之。

这以后的十年里，我定居在了省城，很少回到老家去。偶尔回去碰上他，也没什么话好说，最多互相招呼一声。而这种时候，往往是他先开口："回来了？"然后是我的应答："嗯。"接下去，都不再说话，或陷入沉默，或佯顾左右，以消除彼此间的尴尬。

但在背地里，我还是挺留意他的景况：譬如三个儿子都不赡养他们，他们夫妇生活得比五保户还苦；又如他去年大病了一场，因为没有钱住不起院；再如他路都还走不动，又硬撑着干活去了；还如他这次真的爬不起来了，听说还时不时地说疯话……

最后一次听到他的消息，是在上个月末的某天晚上。我正坐在沙发上看电视，父亲在电话里告诉母亲，老南瓜昨天晚上没了，他正帮着料理后事。说到这里，父亲叹息了一声，喃喃自语："到现在为止，还不知道他三个儿子，肯不肯出钱给他办丧事呢！老南瓜这个人可真是苦了一世！"

母亲接完电话，把消息转告了我，我没有作声，却思绪万千。我虽依旧盯着电视，但浮现在眼前的，不再是电视里的内容，而是那段曾经寄拜的岁月：他坐在我家八仙桌前，双手捂着茶杯在打瞌睡；他趁无人看见之际，将搞来的几个梨，塞到我的口袋里……

几天后的一个夜里，我第一次梦见了他。在那个梦里，我又成了小孩，而他还是寄拜时的年纪，我们就在老家的河边——我大姐如今开的店门前，他突然伸出了双手，托在了我的腰间，然后将我高高地举起……

梦想一套现实中的房

　　漂泊在都市里的人，内心深处都藏着一个隐秘的念想——在这个城市里拥有一套属于自己的房。并总会在不经意间构画一番那套房的模样：多大的居住面积、位于什么地段、怎么样的结构，等等。

　　我的一位朋友是这样描绘梦想中的房的："我喜欢木头、泥土和茅草做成的房子。住在里面，感受四周充满生命——泥土垒的屋基里面会有蚂蚁、蚯蚓、蝼蛄、还有其他的小爬虫；茅草做的屋顶中会有蘑菇、苔藓和钻进飞出的飞蛾；而那木头做成的内墙和构架，则可能直接扎在土地里面，依然是树的一部分，依然在生根、发芽，甚至开出花来。"

　　显然，在现实的都市里，这样的房是不可能存在的。朋友是一位童话诗人，他的梦想自然跟一般的人不同，少不了掺杂幻想的色彩和典雅的情调。如果换了我来勾画未来的住房，那套房会是怎么一种样子呢？我想，那必定是具体而现实的——

　　它是这个都市的住房群里毫不起眼的一间；不奢望它的外部环境与草木、昆虫、飞鸟相汇合，只要跟喧哗的街道和嘈杂的市场保持一定的距离；不需要占有多宽敞的空间，有八十多个平方的居住面积足矣；它的格局无须跟平常人家有异，只希望其间能辟出一方安静空间，作为我阅读、写作和思考的场地。

　　对于那个场地，也许是我对整套住房要求最高的部分，它的四壁必须用散发木香的杉树包装，合上门便自成一个独立的天地。那里要安置得下一张台桌、一排书柜、一张木床和一把椅子。这样，我可以将十几年间购买的书刊置身其间，从此结束它们随我流离颠簸的命运。我则可以不受外界的影响和纷扰，让思想在这祥和的环境里自由奔跑。

　　在这个房间的四壁，我会悬挂上自制的木饰壁画；书柜的空位处，我要点缀上收集的古罐陈坛；每天伏案的台桌上，我会摆放那盆出自深山的九节兰。我还会将这个房间漆成天的颜色，并铺上清爽的木质地板，当我读累写倦思乏了，可以光着脚丫在上面来回走动……

听了我对未来的房的构想，一定会有人暗自发笑，这样的房子遍城都是，根本用不着构想呀。他们也必定会认定我想象力的贫瘠。是的，要是二十年前让我来勾想我的房，那个时候我十岁出头，满脑子充满幻想，它一定会像童话里的宫殿富丽堂皇，而我就是那个宫殿里的王；要是十年前让我来勾画我的房，那时我尚未完全涉足社会，未曾经历过风霜雪雨，它可能不会再是那种宫殿，但至少像装修豪华的宾馆。

　　然而，在这个现实的世界里，跌打滚爬了十几年之后，生活已无情地剪断了我幻想的翅膀。如今我梦想的房子已褪去神秘的色彩，它不再是我儿时童话里的城堡，也不再像朋友描绘的那般充满情调。那样的房，花我十辈子的努力都无法得到。就是都市里遍地皆是的那类最普通的房，对目前的我而言，也不过是心头一个虚幻的梦。而我还能勾画出那样一套房来，归功于我那幻想的翅膀，它虽然失却了飞翔的能力，但还在轻微地扑动、扑动……

温暖心灵的杂志

那年，我进入一家公司企划部，负责一本杂志的编辑。在我接手之前，那本杂志已出过几期，但只是广告页面的拼凑，与真正的杂志相距甚远。我决定对杂志进行重新定位，编出一本像模像样的杂志。

企划部已招有两名设计人员，一男一女，年纪相仿，都在二十三四的样子。男的负责其他项目的设计，女的负责杂志的版式。我进去第二天，她告诉我刚从大学毕业，这里是她的第一份工作。

我很快规划好整本杂志，并选取了一个栏目的稿件，交给她先去设计版式。鉴于她还是一位新手，我对设计中应注意的问题，一一加以明确和强调，比如杂志的风格、字号的大小，还有图文的匹配，等等。

经过一个星期的努力，她把设计好的版面交给我。通过那些版面，应该说她挺善于思考的，其中有好几个挺富有创意，且具有一定的视觉冲击力。但检查之后，发现每篇作品的字号，比我规定的大了两号。

我要求她全部缩小。她颇不情愿地说，再缩小，还看得清？我提醒她，这是在电脑上，整个版面是缩小显示的，如果印在杂志上，那些字会大得吓人。她还迟疑着，我建议她打印一张试试效果。她没打印，但改了过来。

第二个栏目的版式出来，尽管字号符合了要求，但好几处图文配错了。我问她怎么回事。她怪我没提前说明。我善意地告诫，作为一名版式设计，在排版前得通读一遍文字，虽然不要求能深刻理解，但至少要搞明白讲了些什么。

她听后，冷着脸不作声，但最终还是作了调整。

接下去的版式设计中，她还是不断地犯着错误：同一篇作品的几个小标题字体各异；每一段文字开始有些空两格有些没空；好几篇作品漏排了作者的姓名……我耐着性子悉数予以指出。她尽管一一加以改正，但脸上表现得极不耐烦。

终于，又一次，她将设计好的版面交给我。那是介绍法拉利公司发展史的。我发现上面没有法拉利本人的照片，开始以为她是一时疏忽，便要求她给补上去。不料，她一口回绝了。我问为什么，她振振有词地说，那个老头戴着一副墨镜，实在太难看了，她不想把他放上去。

这就是理由！

那次，我不由地发火了，狠狠地批评了她一通。我觉得一个版式设计，因为自己不喜欢法拉利，竟然擅自将其拉下，这不仅违背了设计人员的职业道德，同时也是对杂志编排规则的伤害。部门其他人员闻讯，都止不住地摇头，觉得她太不可理喻了。

当天晚上，部门经理鉴于她的表现，私下告诉我打算月底将她辞退。我想了想，表达了不同看法。我说她虽然性格固执，做事粗心大意，但工作挺努力的，设计的页面也有创意。看在她刚毕业的份上，希望能再给她一次机会。

接下去的两周里，因为杂志赶进度，男设计人员也参与进来。但由于她的顽固，他跟她同样配合得很不融洽。办公室里，时常伴缀着争执，甚至于相互指责和高声争吵，气氛很不和谐。

然而，在磕磕碰碰中，终于捱到了月底。经理听取了我的意见，终于没有将她辞退。但她领了工资后，却主动提出了辞职。离开的当儿，跟谁也没有告别。

她走后的第二天，我们谈论起了她的性格。那个男设计人员告诉我，她父母在她很小的时候就离异了。在我还没进这里之前，有好几次她当着他的面，在电话里怒骂她的父母。于是，我们经过分析，一致认定：她的古怪脾气，是成长环境造成的。

这之后不几天，杂志版式基本完成。经理浏览了版权页后，建议将她的名字删除。我提出了异议，坚持保留她的姓名。我的理由很简单：无论她做得如何不对，但大部分页面是她设计的，理应尊重她的劳动成果。

那一期杂志出来，我在QQ上问来她的地址，给她寄去了两本。

她收到杂志后，在 QQ 上回复：你们在我辞职后，还能把我的姓名保留，我说什么也意想不到。原本我以为你们都讨厌我，所以选择了离开，但现在我知道自己错了，我感到非常后悔……

　　后来，她凭着那一期杂志，进了一家不错的单位，继续从事着设计工作。直到现在，她还跟我保持着联系。而在这个过程中，她曾无数次强调，那期保留她姓名的杂志，改变了她很多，不仅仅是职业，还有其他更重要的。她还说，这些年来，她的心灵，始终被它温暖着。

编黄草篮的母亲

双休回到老家，都快中午了，母亲还没做饭，坐在堂屋中央，埋头在编黄草篮。母亲一年四季总忙个不停，除了与父亲下田地干活，空下来的时候也不闲着，要么在穿拉链，要么在绣鞋面花，要么在……现在不知从哪接来了编黄草篮的活。

下午闲着没事，我呆在家里，一边跟母亲聊天，一边看她编黄草篮。编黄草篮是一项挺复杂的活，先要从种植的人家那里花八元一斤购来黄草，然后将每根黄草剖成若干片，再将每片撕成线般的数条。这样尚且不够，还得将每两条拧成一股细绳。等这一切准备就绪了，才可以着手编织。

那黄草篮看上去工艺繁杂，并非一般人编得了的。我好奇地问母亲："这篮派什么用场？"母亲说用来装小型黄酒坛的。"那编一只得几根黄草绳？"母亲的回答使我吓了一跳："八根！"要整整八根才能编成一只篮子。于是，我又紧接着问，那编一只能挣多少钱呢？"三角五分。"母亲说。我感到很失望。

母亲似乎看出了我的心事，淡然地说："三角五分倒随它，我现在担心的是，能不能卖出去呢！要是卖不出来，那么多篮可就白编了！"说着，转头朝边屋瞟了一眼。循着她的目光，我发现那间屋子里，散放着一大堆编好的篮子，估计有六七十只。

我劝母亲，编一只黄草篮，要这么多程序，才挣到三角五分，不编也罢。母亲则说，反正闲着也是闲着，能挣点钱也好，少用一点你挣来的钱。以后老了干不动了，想挣也挣不了了。然后，喜滋滋地对我说："要真卖得出去，也挺合算的，每天编的钱，买菜吃是够了的。"

听着母亲的"自圆其说"，一种复杂的情绪，在我的心头涌动。记得读高中时，我曾许下诺言，成家立业后善待父母，让他们过上好日子。这以后的岁月里，我一直牢记着那个诺言，并且不断地努力。然而，迄今十多年过去了，那个诺言不仅无法实现，反而显得越来越遥远。

　　二十五岁之前，我打工挣了一些钱，因开文印社花光不说，还借了很大一笔钱，后来让全家还了好几年。二十九岁以后，我在杭州又挣了一笔，原以为可留给父母了，实际上又是"镜花水月"，因为在杭城安家、买房、装修、结婚，那笔款简直是杯水车薪。这还不够，装修期间，为不耽误自己工作，还得劳驾六十岁的父亲，为我的新家"做牛做马"。

　　很多时候，我真不敢面对父母，因为从他们日益苍老的脸上，我越来越清晰地照出了自己的无能和自私。可面对残酷的现实，我又能怎么样呢？偶尔，我也会在父母面前表露内心的愧疚，但父母总以博大的宽容来抚慰：你已经够孝顺了，不像别的儿子一切都得靠父母。那种时候，我的内心会更难受。

　　双休转眼过去了，我匆匆返回杭城。回到新家后，打电话给老家，接电话的是母亲。她除了嘱咐我们养好身体，不要太过节省外，突然欣喜地对我说："黄草篮你走后卖掉了，每只卖了三角六分。来收的人说我编的好，所以每只多给了一分。"

　　我再次劝她别编了，省得经常闹头晕。母亲有头晕病，头埋久了就晕，厉害时整夜痛。可母亲不依不饶地说："三角六分一只，我手脚快，一天编下来，也能挣个十来块，又不耽误做家务，算起来挺合算的。头晕了，我会停下来的……"

　　我放下电话，不禁热泪盈眶。我想到了下辈子，如果有下辈子，我还做他们的儿子？不，不，如果真有下辈子，就让他们做我的一对儿女吧，让我来偿还这辈子欠他们的情。

户籍的印迹

时隔三十多年了，我依然清晰地记得，三叔一家的户口，由于三叔工作的关系，从农村迁到城市的时候，几乎全村人的眼里，都流露了无限的羡慕，他们不约而同地赞叹："他们多福气呀，都成为城里人了！"而三叔一家迁离的前几天，他们的家里也像过节一样，充满着喜庆的气氛。

也曾听说，当时我们村有个漂亮的女孩，为了能够成为城里人，竟然嫁了城里的一个白痴。然而就是那样，依然无法实现自己的梦想。传闻后来跟公公关系暧昧，公公不知通过什么途径，才使那个女孩如愿以偿。当然，那个女孩拥有城市户口后，很快跟白痴老公分了手，另择高枝嫁了正常人。

这也就是说，在我的孩提时代，农村户转成城市户，是一件异常艰难的事。因为这一关键性的转换，不只是改变了居住环境，更意味着"享福"的开始——成了城里人后，不必再起早摸黑，也用不着风吹日晒了，还能吃香喝辣的。最诱人的是，退休了还有"劳保"，吃喝不愁，生活无忧。

当时农村的家长们，叮嘱儿女好好读书，其目的不像现在去当官发财，而是长大了能成为城里人。而我由于比村里同龄人赢弱，根本无法胜任农活。当其他小孩挑着一担水，轻快地在村里穿行；我挑着几捆稻草，则一只肩高一只肩低、七冲八撞地行走时，父母这样的叮嘱，越加变得郑重起来。

而我自己在高一之前，付出的所有努力，也都出于一个目的，那就是"跳出农门"，也即"农转非"。我从来没有想过，长大了要做什么工作，希望成为哪一类人。我只想到要考上大学，成为一个大学生，成为一个城里人，逃离面朝黄土背朝天的日子，以后在城里幸福快乐地生活。

可是，愿与意违。我最终没考上大学。落榜之后，父母虽然没半句怨言，相反还用好言宽慰，但从他们黯然的目光里，我还是看出了他们的失落，以及一种隐隐的担忧。他们着手翻盖已造的二层楼，将它增建成了三

层，以备我今后在农村生活用。在他们看来，我的落榜，已跟城市无缘。

　　然而，事实并非如此。那个时候，由于国内的政策逐渐开放，城市已涌现了大批打工者。在我高考失利的第三年，我便追随打工的潮流，到了最开放的城市广州，感觉着大都市的气息，一边打工一边写作，随后又辗转杭州、绍兴，最终在杭州定居，以农村人的身份，过着城市人的生活。

　　2007年4月，鉴于我在文学上的成果，被破格评上副高职称，以人才引进的方式，落户杭城。迁户口的那天，我的内心安静而淡然，我家也像平常一样，未曾出现喜庆的迹象。而在此前，我已结婚，妻子是杭州人，从事财务工作。我们结合的整个过程中，我的户口未曾起过负面作用。

　　这一切，说明农转非已在逐渐失去光环。而这也正是农村人所期盼的。它不仅体现了城乡差异在减小，也显示了农村人在社会地位和福利待遇上正跟城里人趋于平等。这无疑是改革开放三十年的结果。它正用中国自己特有的新的体制和政策，在努力地消除国内人与人之间存在的不平等。

　　我在小说《狗小的自行车》里，写过一个叫狗小的孩子，当他被打工的父母，迫于生存送给城里人后，逐渐被城市所异化，跟家人形同陌路时，他父亲这样宽慰自己："咱们儿子是个有福气的人呀。"我希望随着改革的进一步深入，这类现象能尽早地随风逝去，永远固封在历史的记载里。

行走的写作者

我那遥远的西子湖

在我孩提时代，就知道有那么一个湖。关于它的故事很多，我最早接触的是脍炙人口的《白蛇传》。依稀记得，它开始是以电影，接着以小人书，最后以民间故事的形式，先后介入我的脑海的。由于《白蛇传》是一个神话，里面讲到龟精、蛇精和神仙，充满着奇异怪想，在我幼小的印象里，那个湖也就蒙上了神秘的色彩。但在我的大半个童年时代，都一直以为它只存在于传说之中。

直到上幼儿园的那年，偶然一次在父亲的闲谈中获知，那个湖在一个叫"杭州"的地方，他开拖拉机跑运输去逛过几次，而且还告诉我有几户亲戚在那边。那一刻，我惊讶得瞠目结舌！因为我简直无法相信，那个神奇无比的湖，竟然就在现实当中！于是，我抑制不住内心的激动，急切地向父亲提出，要他带我去一次。可父亲为难地说，那边远着呢！乘火车要大半天时间。

那个时候，我还没有去过县城，其他的同龄人也没，甚至于村里很多大人。尽管当时去县城，乘船只需半上午时间，但对于我们而言够远的了。而现在乘火车要大半天，那遥远得简直无法想象。虽然我还未曾见识过火车，但很清楚它比轮船跑得要快很多。然而，遥远归遥远，并不妨碍我神往。这以后的日子里，我整天希翼着，能有那么一天，父亲带上我去杭州，亲眼目睹那个湖。

机会终于来了！在我要读小学的那年暑假，父亲带着我去杭州走亲戚。因为那个时代，交通还很落后，在我们老家那边，不要说是汽车，就连脚踏车都很鲜见。我们就起了一个大早，先坐船到邻近公社（也可能叫"乡"，现在叫"镇"），再乘没有座位的火车（后来知道叫"货车"）到杭州，七转八拐了好长时间，都快临近傍晚了，才终于摸到亲戚家。那天，由于时间的关系，最终没去看那个湖。

翌日清晨，我们吃罢早餐，走了很长很长的路，见到了那个梦想中的湖。面对着它的时候，我被它的秀丽和浩瀚（对当时的我而言）震撼了！

我无法想象，天底下竟然有那么大的湖，而且还那么漂亮！因为在此之前，孤陋寡闻的我所能见到的，只有家门前的那条小河，以及村头山旁边的一口池塘！还没来得及游玩，我就深深地迷上了它。我甚至还傻傻地想：如果能每天看到它，那该有多好啊。

那次杭州之行后，有很多年，我没机会再看到那个湖。但那个湖却像一幅画，长期挂在了我的眼前。父亲知道了，激励我说："你这么想看到它，那就得用心读书了。只有书读得好，考上了大学，才能去杭州工作。你在杭州工作了，就可以天天看它了。"我被父亲的话诱惑着，书读得比其他玩伴用功，成绩自然也比他们优秀。在他们读完初中，纷纷去学手艺活时，我顺利地考上了高中。

可是，现实是残酷的。因为种种原因，最终我高考落了榜。从那以后，虽然那个湖，还是像一幅画，挂在我的眼前，但在我的意识里，它离得越来越遥远，到了远不可及的地步，甚至后来在杭州打工，离它近在咫尺的当儿，那种感觉依旧无比强烈！也许，作为一名外来打工者，一个城市的漂泊者，身份的局限造成的隔阂，在与这座城市格格不入的同时，也拒绝自己从内心去接近那个湖。

数年之后的今天，经过自己的一番努力，终于成功落户杭州，成为一名新的杭州人。可始料不及的是，这座城市沉重的生活压力，让我宛如一只蚂蚁忙碌奔波，虽然目前在杭州的每一天，我都要两次经过那个湖，可没有时间停下来看一看，就算是节假日也不例外。那个神奇的湖，那个我曾经的梦想之地，依然显得那么的遥远，恰如一幅美丽的画，挂在我的面前，却无法步入其间。

就在几天前，有个写诗的外地文友，得知我生活在杭州，每天两次路过西湖，无比羡慕地说："你可真的是幸福！"她不经意的赞叹，由衷改观了我的成见：是呀，有哪座城市能拥有如此美好的湖？又有多少人能跟这样美好的湖朝夕相伴呢？其实，面对这么一个美丽而神奇的湖，就算你没时间去好好看它一眼，但只要想到它时刻陪伴在你的身边，那已经是一种无与伦比的福分了！

脆弱的古城墙

古城墙是我进入西安市区最初见到的景观。生长于南方的我，见惯了小桥流水人家，那高高的古城墙给我的第一感觉便是——震撼！是的，在我一贯的印象中，南方几乎没有一种建筑，其气势能与古城墙匹敌的。

出于对伟岸建筑的膜拜，接下来的一周时间里，因忙于编辑间的交流，无暇去西安的景点游玩，但对古城墙始终心牵梦萦。我急切希望接近古城墙，尽情感受那份磅礴。

说出来贻笑大方，由于自己的孤陋寡闻，一直认为古城墙只是一堵高墙。等到了西安后，翻阅了相关资料，才了解到那是一种误解，古城墙不仅仅是一堵墙，更是一座名符其实的城。

这份知识的新增，古城墙在我的心目中，越发地显得巍然了！想见它的心情，显得更加急迫。

终于等到了周末，下午得以空暇，便直奔古城墙而去。经过半小时的车程，进入了西安古城区。我穿过人潮和车流，来到了古城墙边。

站立在城墙脚跟，我抬眼仰望着墙身，只见青色的城砖，错落有致地交叠着，而它们的表面，由于岁月的久远，蒙上了一层浑黄，使之显得更加苍劲。

在墙跟逗留许久之后，我通过那扇厚重大门，踏着被脚步打磨光溜的台阶，登上了神往已久的古城墙。我发现古城墙上面很宽，四辆马车可以并驱；黑色的墙砖用白色水泥黏合着，铺得整整齐齐；墙边设有箭垛，还有下水道，设计得极为精细。

我顺着那厚实的双墙望去，目光所及尽是大开大阖的黑白交错，简单营造的大气简直到了极点，便禁不住暗自惊叹：这真是一座空中巨城呀！

在古城墙上溜达了一会儿，我站定在高高的城墙垛口前，俯瞰城墙下如蚁蠕动的车辆和人群。这使我深切地感受到，古城墙睥睨于世的气慨。这时正是日薄西山时分，晚风送来了几记铁角撞击的声音。于是，我开始遥想当年帝王将相屹立于此，面对城下三军发号施令的壮观场面。

可是，这样的想象是致命的。我不经然地想到了筑建古城墙的目的。据前些日翻阅的资料显示，当朱元璋攻克徽州后，一个隐士便告诉他应该"高筑墙，广积粮，缓称王"。朱元璋采纳了这些建议，命令各府县普遍筑城。西安古城墙就是在这个热潮中，在唐皇城旧城基础上扩建起来。

这就是说，高高的城墙之所以被建造，其用意无非是抵御！换句话说，它们不过是那些帝王为巩固帝业，防止敌对势力的侵犯，让子孙后代世代相袭，而迫不得已修建的产物！——它们雄壮的背后深藏着一份胆怯！

然而，可悲的不远不止这些。这被帝王赋予厚望的古城墙，最终未能遵循帝王们的初衷，在日益腐朽的政治环境里，面对那敌对势力的强劲攻势，它们竟然显得那样不堪一击！该胜利的胜利了，该失败的失败了，那些帝王创下的创业，最终难逃灭亡的厄运。

这貌似高大而坚实的古城墙，原不过是虚张声势的庞然大物！它的高大与坚实，只是人们为它的表象所蒙蔽，赋予了它太多虚拟的想象；实际上内在却是那样的脆弱！

这以后，在暂居西安的日子里，我又无数次目睹古城墙。但每一次看到它们时，我都会觉得它们孤零零地耸立在那里，似乎在无声地诉说着惨败的遭际！我对它们起初的那份敬仰，也就一点点地变得荡然无存。

第一辑 印刻在心灵的足迹

第二辑
让灵魂在指间开花

凭着良知孤独写作

在这个充满调侃的浅阅读时代里，我的这部小说集《狗小的自行车》肯定是一个异类。它会像一枚钉子敲击进你的心灵，让你感到无与伦比的沉重、激愤和疼痛。当然，我最希望它带给你的是内心的震撼——那是我对自己小说的终极追求。

由于具有这样的品质，预示着我的这部小说集，甚至于里面的每篇小说，必将命运多舛。代表作品《在街上奔走喊冤》，深受余华、莫言、阿城、王安忆、余秋雨和池莉等名家的推崇，荣获榕树下网站举办的第三届全球网络原创文学作品大赛短篇小说奖，然而它辗转了近十家杂志社，历经三年的艰难旅途，才终于由《上海文学》发表；曾受数以万计的网上读者好评、被我自己视为"最能代表本人小说创作风格"的《谁打瘸了村支书家的狗?》，同样遭受过跟《在街上奔走喊冤》如出一辙的命运。那些将他们拒之门外的杂志的措辞竟是惊人的相似："大作写得很好，但不适合在敝刊发表……"就连这部小说集的面世也是一波三折、险象环生，先是被数家出版社和文化公司看好，跟他们中的一些签订了出版合同后，审核的出版社则认为写得太阴暗和尖锐而不敢批号，从而屡遭流产。

记得，这部小说集第一次交付出版方出版时，该出版方编辑要求我写一篇序或后记之类，当时我一口回绝。我一贯认为：每个作品一旦诞生，好歹应由读者去评定，用不着作者再说三道四了。我甚至不愿让名家来作序以作阅读导向，从而影响读者对本人小说的感受和理解。但此刻，我还是遏制不住写下了这些文字，目的无非是想告诉我的读者：每一株荆棘的成长，实在比鲜花来得不易！

至于我为什么坚持这种写作，这也许跟自己的个性和经历有关。因为在我以往的成长历程中，饱受和目睹了太多的欺压、艰辛和苦难。也正是在那样的处境里，我义无反顾地选择了写作。而作为一名有良知的写作者，自然不能无视眼前的一切，一味地躲在书房内无病呻吟，他（她）应当具备直面现实的勇气。

于是，在写下这部小说集的第一篇作品前，我就将"凭着良知孤独写作、关注人性、关注命运、关注社会最底层"作为写作基点，并且这些年一直严格地遵循着。可以这么说，这部小说集里每篇作品，都是这一原则驱使下的产物。因为这些作品跟"社会最底层的命运"紧密相联，所以当你阅读他们的时候，注定不会再是一次轻松的消遣或者享受。

最后，我想告诉我的读者：我写下这些作品的时候，更多地想到的是，在我们现在所处的社会里，还存在着一些阴暗的角落，而我希望用自己的笔靠近去，将他们暴露在太阳底下，使黑暗从此变得光明。这就是我写作这些作品的初衷和目的。

第二辑 让灵魂在指间开花

不温暖的文字

《城市蚂蚁》终于完成了，这是我的首部长篇小说。这部长篇小说，我原先是准备作为爱情小说来写的，但最终却写成了一部反映外来打工者生存处境的命运小说。也许，我的思想里积淀了太多沉重的因子，使我不再习惯于风花雪月，而处处呈现着苦难和抗争的印痕。

可这正是我希望达到的。早在五六年前，我就预想写这样一部长篇，来记录我的坎坷历程，以及内心的隐痛。但苦于水平所限，一直无从下笔。如今，不经意间了却了一件心事，这对我而言不啻一桩喜事。有时在生活中，真的隐藏着太多契机。

应该说，这部小说的基调是沉重的。这也是我的作品一贯的风格，有位文友曾这样评价我的文字——充满良知，但不够温暖。这确是事实，但我始终未去改变。我拒绝一切的伪装、虚饰，我不具备面对底层人群的鲜血和泪水，却熟视无睹地欢快高歌的能力。

是的，我只是遵循着内心的真实，凭着良心一味地书写着。这也注定我的文字，不会是赏心悦目的鲜花，而只能是长满利刺的荆棘。它是无法用来消遣和娱乐的，它只会让你感到疼痛和惊醒。这是我写作的初衷，也是终极目的，永远不会改变。

于是，在这个崇尚鲜花的国度里，我的作品往往命运多舛。我的几乎每一篇小说，都历经磨难后才得以面世，而那些编辑的措辞是惊人的一致：大作写得真的很好，但不适于在敝刊发表。就连有很大反响的《在街上奔走喊冤》也不例外。

一位在我写这部长篇小说之初，就同步看稿的出版公司编辑，在看到临近结尾的几章时对我说，这部长篇小说写得挺好的，但结局能否写得明快些？否则可能会影响小说的前途。她的提醒是善意的，但我却断然谢绝了。我不能让我的小说，成为没有灵魂的躯壳。

这部小说在写完第五章后，我就在各大文学论坛发帖。起初无非想听听网友的意见，意想不到竟然会好评如潮。特别在杭网的灯火阑珊论坛，在短短的一个月时间内，成为了该论坛点击率最高的帖子。很多网友每天守候在那里，等待着阅读接下去的章节。

这使我感到无与伦比的欣慰。对于一位真正的写作者而言，没有比令读者拥戴更高兴的了。而且值得一提的是，那些网友正是这部小说描述的对象——挣扎在城市底层的外来打工者。这也说明我用心灵写就的小说，赢得了他们的热烈关注，激起了他们心头的共鸣。

这里，还必须穿插一个小插曲：由于这部小说我采用了一种技巧，即将作者跟里面某个人物混淆，其目的无非是让读者产生身临其境之感。然而，网友们误以为真，以为我真的身患绝症，但仍在坚持创作，便纷纷祝愿我身体健康。其言之切，让我深深感动。

可以这么说，这部小说是我所有的文字里，创作时最为投入的一部。在整个创作的过程中，我多次为里面人物的命运而动容，甚至有一次感动得泪流满面。这在别人看来或许不可思议，但对我自己而言却极为正常，因为在这部小说里，倾注了我太多的感情和影子。

它是我的半自传体小说，抑或说是我的一部心灵史。尽管里面有很多杜撰的成分，但从中足可窥见我曾经的磨难和隐痛、处境窘迫的生存现状、对爱情和亲情的态度、独一无二的价值取向、尚未形成的思想体系，以及我那颗跳动着的心灵！

正因为此，我特地写下了这篇后记。我希望通过上述这些文字，传递给我的读者一些东西，一些源自我心灵深处的东西。这对解读我的这部长篇小说，或许能起到不可或缺的作用。我希望我的每位读者，都能够走进我的心里。

最后，感谢我的父母和两位姐姐，在我写这部小说期间，曾经多次嘱咐我注意身体；感谢我的女友，对每一个文字的关注；感谢灯火阑珊论坛的网友，陪伴我度过了一段漫长的日子。虽然我的文字不能给读者带去温暖，但他们的真情却温暖着我的心灵。

行走的写作者

透过无边黑暗的光华

2009 年对我而言，无疑是一个动荡之年。在这一年里，因为全球金融危机的冲击，曾经颇具影响的中华少年文学网被迫停办，作为一直以来服务于它的唯一的编辑，我离开了那家供职九年之久的主办单位，先受邀在一家广告公司从事房产策划，后因无法承受那种超负荷的繁重劳作，终于告别那段暗无天日的日子，进入了一家娱乐公司搞文字工作。

在这家号称拥有全华东地区最顶级娱乐会所的公司里，行政人员的收入都出奇的低微，不足"小姐"们的十分之一，比起领导"小姐"的"妈咪"们，更是具有天地之隔的差距。但我考虑再三，还是选择了留下。这倒不是因为我不奢望拥有一个高薪的职位，而是眼下的这份工作实在轻松得很，让我有大量的空闲时间，来潜心创作这部曾殚精竭虑的小说。

这部长篇小说是以我的一篇同名短篇小说为蓝本的，但经过整整三年时间的酝酿和充实，已远远超越那个蓝本所蕴含的涵义，不再是两个特殊留守儿童的悲惨故事，而是承载起了越来越丰富的内容和寓意。这也是我在这漫长的三年中，几度动笔复搁笔的原因所在。我认为对于这样一部小说，倘若没有足够的时间和精力，显然是很难完成和胜任的。

应该说，这部小说的一半以上文字，我是利用上班的时间写的。特别富有意味的是，我在公司旗下最高端的会所楼上办公，楼下灯红酒绿、夜夜笙歌、声色犬马，活跃着当前国内最奢侈的一族，一次消费抵得上老百姓一年开支。而我在楼上却书写着当前中国最贫穷的群体，他们还在温饱的边缘努力挣扎。两者间差距的悬殊，类似于地球和太阳。

这让我感慨万千！同时，更严肃地对待这部小说，使其中的每一个细节、每一处场景、每一段故事，都尽可能接近生活的本色，连同自己内心的真实，努力让它成为一面镜子，呈现当代中国乡村的图景，让广大读者通过它，来认知这么一个群体——一个暂且被忽视或遗忘的群体，以及他们的生存处境和心灵世界，从而正确审视当前的中国。

在写作这部小说期间，照例有出版编辑来询问，是否有新的作品完成。当我告知正在写这么一部小说时，他们大都呈现出失望之色。按他们的意思，照当前的出版行情，我不去追逐都市热门题材，还在一味关注农村底层，真是吃力不讨好，简直就是当代堂·吉珂德了！有好心者甚至还建议我，放弃这部小说的创作，炮制一部都市家庭伦理小说！

然而，我不为所动。在我的认识里，当一位作者手中的笔，摒弃了责任和良知，纯粹为利益摇动时，是否还有资格被誉为"人类灵魂的工程师"？从写作迄今，我一直恪守"凭着良知孤独写作"的理念，把触角深入于"关注人性、关注命运、关注社会最底层"这样一个层面，尽管不敢肯定自己的作品意义有多大，但可以无畏地说自己是一位有责任的写作者。

而现在这部小说，秉承了我一贯的风格，是我良知的产物。它可能显得有些粗砺，但相信闪现出来的光华，能透过无边的黑暗，照亮每位有良心的读者的心灵。它的面世可能会困难重重，但我丝毫不会感到失望和沮丧。因为它的产生，已让我心存欣慰，并使我的 2009 年——这个动荡而贫瘠的年份，一下变得无比安宁和丰硕——犹如枯萎的树枝，瞬间开满了鲜花。

最后，我要感谢杭州市文联和浙江省作协，在这部长篇小说还只有梗概之时，他们不约而同地伸出了橄榄枝，作为重点作品或文学精品签约，分别给了我一笔创作扶持津贴。同时，也要感谢我的家人，特别是我父母和妻子，因为他们的理解和鼎力支持，我才最终留在了那个单位，一边过着清贫而轻松的日子，一边潜下心来进行创作，顺利地完成了这部小说。

坚守心灵的写作

在这个充满调侃的浅阅读时代里，我的作品无疑是一个个异类。它会像一枚钉子敲击进你的心灵，让你感到无与伦比的沉重、激愤和疼痛。当然，我最希望它带给你的是内心的震撼——那是我对自己作品的终极追求。

很多年前，当我初涉文学创作时，并不清楚写作需要坚守什么，只是运用优美的文字，一味地编织着感人的故事。那时写作的最终目的就是发表，衡量自己作品优劣的标准，也看它能发在哪级报刊上。

后来，我领悟到那样的写作，只是一种不自觉的写作，它跟自己的心灵无关。那样写出来的作品，实际上只是文字的躯壳，不可能蕴含灵魂的活力。而一部真正的作品，字里行间应跳动着作者火热的心。

2000年之后，我将"凭着良知孤独写作，关注人性、关注命运、关注社会最底层"作为了写作基点。因为我所处的生存环境以及自己的成长历程，决定我只有书写这类题材才能跟自己的心灵真正接近。

由于跟"社会最底层的命运"紧密相联，这便注定我的作品的基调是沉重的，很多读者曾这样评介我的作品——充满良知，但不够温暖。这确是事实，但我未去改变。我缺乏面对底层人群的鲜血和泪水，却熟视无睹地欢快高歌的能力。

因为具备这样的特性，我的作品不会是赏心悦目的鲜花，而只能是长满利刺的荆棘。这也决定了它们的命运多舛。我的几乎每一篇作品，都历经磨难后才得以面世。可我依然遵循着内心的真实，凭着良知一味地书写着。

而我坚持如此而为，并不说明我的心有多黑暗，我只是想到在目前的社会里，还存在着一些阴暗的角落，而我希望用自己的笔靠近去，将他们暴露在太阳底下，使黑暗从此变得光明起来。这就是我写作这些作品的初衷和目的。

当我表明上述的创作立场时，曾遭受过如潮的奚落和讥讽，他们说这个家伙多像堂·吉诃德呀。也许他们的嘲笑是合乎情理的，因为在这个物欲横流的时代里，一切都变得无比实际和世俗，大多数写作者已抵挡不住利益的诱惑，心甘情愿地沦陷在现实的泥潭里。

对于这一点，纵观我们的四周，便可清楚地看到，大部分写作者已放弃了对心灵的坚守，开始不约而同地迎合、追风和伪造，他们的笔不再为内心服务，而一个劲儿地为利益拼命摇摆。然而，正是在这样的环境里，用心灵写作却变得尤为重要了。

其实，作为一位写作者，人们衡量他成功与否的，往往不是看他产出了多少数量的文字，而取决于他有没有写出震撼读者心灵的作品。而每一部能让读者震撼的作品，必定清晰地留有作者心灵的印痕。

记得，前不久一家网站在讨论：文学会不会死？我的回答是：文学不是那么容易死的，说文学会死是某些人的杞人忧天。我之所以肯定它不会死，是因为总有极少数的写作者依然坚持着心灵的写作，而文学的生命总会在他们的笔下维系和延伸。

写到这里，我不敢妄言自己就是维系文学生命的人。但作为跟灵魂打交道的群体，我们既然选择了写作这条道路，就很有必要摆出努力的姿态来，孜孜不倦地朝着那个方向进取。至于最终能否达到目的，那是另外一回事。

关于小说的十二条札记

1

练写小说的这些年里，碰到一些自以为是名家的人，总忘不了要告诫你：小说要怎么写怎么写。对于那些所谓的"告诫"，我当面欣然接受，背后免不了骂"狗屁"。如今想来，我的那种"阳奉阴违"，实在是一件好事。如果当初信了他们的"告诫"，顺着他们的道路"前进"，那么今天我就成了他们的影子。

2

一位作家写了一篇自己满意的小说，在某一次笔会上将内容概况讲述给我听，我听了大赞："这是一篇好小说。"然而，两个月后的某天，他打来电话沮丧地告诉我，某家杂志的主编不看好那篇小说。我问他，那家杂志发的都是好小说吗？他说自然不是。我便说既然不是，她的不认可又有什么关系呢？

3

有位作者"野心"很大，立志成为世界级作家。但事与意违，写了近十五年，没写出什么名堂来。有一次，我问他："你最希望写出怎么样一个小说来？"他竟然说不出个所以然。我见状，大笑。写作如同远行，既定了目标，也得把准方向。如果没有方向乱走一通，纵然花费了无数力气，目标依然像星光一般遥不可及。

4

曾经做过一个梦，梦见自己被困在一个迷宫般的城堡里，不断地转悠着寻找上山的出口。可是不管自己如何努力奔走，都无法如愿。正在准备返身的时候，那扇通向山上的门豁然出现。原来那扇门就在身边，只是自己一直未曾发现。这个梦给了我一个启发：写小说其实就是一个寻找的过程，问题是你有无韧性和运气。

5

有这样一类作者，他（她）写成了一批质地尚可的小说之后，开始东奔西跑，寻求发表和出版的途径。通过他们的"努力"，那批小说终于相继亮相。可就在他们被读者视为作家的同时，已沦落为了"文坛活动家"，以后再也写不出相同质地的小说来了。由此可见，很多时候艰难地发表，对作者的成长非常有利。

6

有位作家写小说二十年。在开始的十五年里，他写的几乎所有小说，都发在当地一家文学刊物上。前五年，他有意识地研读中外名著，小说里蕴含了一种先锋理念。可就在那时，他颇感失落地告诉我，那家杂志不很接受他的小说了。我听了，当即向他表示祝贺。如今，他的小说在知名刊物上满天飞，备受行家好评。

7

当我推出小说集《狗小的自行车》之后，有一些好心者开始忠告我："你不能再那样写下去了，你得换一种新的写法了。"我闻之，不为所动。他们的好言相劝，使我想起一幅漫画：一个人在掘井，他掘了很多坑，有的深一些，有的浅一些，但总掘不出水来。其实，深的那些坑，只要再掘下去一点，便可大功告成。

8

有杂志发了我的作品后，稿费一拖再拖。拖过半年后，我便去信索要。一些文友笑我，你是为心灵还是为钱写作？我说写的时候为心灵，写好之后为钱。我一贯认为：写的时候和写好之后都为心灵的是呆作家；写的时候和写好之后都为钱的是无良作家；而写的时候为金钱，写好之后却称为心灵的则是伪作家。

9

有位作家评价一位作者时，总喜欢以世界级作家来衡量。他的做法不免有些夸张，但细想一下也不无深意。倘若我们的目标是爬上吴山，纵然如愿以偿了，高也不过百米；而假设我们想要征服的是喜马拉雅山，即使只能爬上其山脚，但达到的高度已数倍于吴山。写小说也是如此，"野心"大一点，爬得也会高一些。

10

我觉得作为一位写作者，要想在写作上有所作为，不能只是眼睛朝上，仰望文学大师树立的丰碑，而忽略个性一味地模仿；还应当眼睛往下，审视和关注自己的内心，一切从心灵出发进行写作。只有在这个前提下，再来全面观照当前人们的生存处境，和深入思考现今整个社会的命运，写出来的小说才能赋予灵魂。

11

我们谈论一位作家时，往往存在三种现象：一种是谈论他（她）的时候，根本不知道他（她）到底写过什么作品。一种是谈论他（她）的时候，知道他（她）确实发表过很多作品，但都印象模糊；一种是谈论他

（她）的时候，会清晰地想起他（她）的一部或几部作品。作为一位写作者，我希望自己能成为第三种。

12

在这个浅阅读的时代里，我的小说无疑是一个异类。它会像一枚钉子敲击进你的心灵，让你感到无与伦比的沉重和疼痛。但我坚持如此而为，并非说明我的心有多黑暗，我只是想到在目前的社会里，还存在着一些阴暗的角落，而我希望用自己的笔靠近去，将他们充分暴露在太阳底下，使黑暗从此变得光明起来。

写作，一切从心灵出发

作为一个写作者，特别是短篇小说的写作者，我更多地关注的是，跟我年龄相仿的、七十年代出生的写作者的短篇小说。

然而，让我失望的是，在那些小说里，我很少能看出源自写作者心灵深处的本质性的东西，我更多地看到的无非是浮现于小说表面的对西方小说文本的模仿、对现代小说技巧的玩弄，以及对现今生活的浅层描摹。说难听点，基本上是一些没有灵魂的作品。

在我的认识里，每一部优秀的作品都应当留有写作者心灵的印记，譬如，我们读鲁迅的小说时，能读出他心头的激愤；读泰戈尔的诗歌时，能读出他心底的博爱；读卡夫卡的作品时，能读出他内心的苦闷……可读七十年代出生的写作者的作品时，我深深地感到了这种小说最本质的东西的缺席。

记得两年前，我曾在新小说论坛里发过一个贴子，批判先锋作家马原的小说。我认为马原的很多小说只不过在模仿西方现代派作家的作品。而作为写作上的模仿，往往只能模仿到作品的形式，内核是永远模仿不了的！因为模仿者创作时不可能具备原创者的心境。为此，我一直觉得马原不是一位优秀的作家。

而他同时代的作家余华，我觉得他之所以比马原走得远，关键在于他意识到了光靠对小说形式的模仿是没有出路的，必须有融入自己心灵深处的东西。所以，他后来的《活着》、《许三观卖血记》中，我们很少再能看到西方现代派小说的痕迹了，但它们不约而同地让我们感动甚至于震撼。为什么能产生这种效果？那是因为我们从这些小说里读出了他心灵深处流淌的苦难意识。这就是一部作品最本质，也是最可贵的东西。

作为七十年代出生的写作者，由于我们所处时代的不同，虽然接触的东西（单指创作方面）比前辈更广，但在接受和吸取上似乎走进了死胡同，我们抛弃了最应该坚守的和最本质的成分。在这方面，七十年代出生的写作者超不过上一代的作家，譬如余华、刘庆邦、鬼子等，也比不上八十年代出生的新人，譬如韩寒、春树等。八十年代出生的写作者，他们的作品尽管还显得稚嫩和肤浅，但至少流露出了他们内心的迷惘和叛逆。

　　所以，我觉得我们这一代的写作者，如果要想在写作上有所作为，不能只是眼睛朝上，仰望着文学大师树立的丰碑，而忽略自己的个性一味地模仿，还应当眼睛往下，审视和关注自己的内心，一切从心灵出发进行写作。只有在这个前提之下，再来全面观照当前人们的生存处境，和深入思考现今整个社会的命运，写出来的作品才有可能赋予灵魂。否则，我们的作品只是一具行尸走肉，根本不具备存活下去的生命力。

我是否应该感谢惶恐？

在从高中毕业到今天的这十多年里，我一直处于这样的状态中：对面临的生活充满着惶恐。这样的惶恐犹如一个美女海妖，时时刻刻地缠绕着我，在我当工厂职工时，在我当商店主管时，在我暂时没有工作时，在我从事编辑工作时……甚至于此刻，当我写这篇文字时，它依然侵占着我的心灵。

这样的惶恐来自于两个方面：一是对于前途的渺茫无望，二是对于生存的无从把握。这也许是所有觉醒的穷人普遍的困境。譬如，2008 年湖北籍年轻诗人余地的自杀，想必就是无法与这样的惶恐相抗衡，而采取的一种极端的妥协吧。这样的实例，从古到今，应该还有很多。

而我的几乎每一部作品，都是与惶恐对抗的结果。因为出于对生活的惶恐，我总是不停断地写作着，试图写出更多优秀的作品，被社会各界广泛认可后，彻底改变所处的生存环境，从而摆脱那美女海妖似的惶恐，过上轻松快活的日子。我一直梦想这样的生活：在衣食无忧的岁月里，潜心创作想写的作品。

也正因为时刻处于惶恐状态中，我作为一个向内的写作者，每部作品中都烙上了自身生活的印记。这使我的作品总存在着两大命题：一个是"苦难"，一个是"抗争"。而当我努力多年，发现命运还是如前，没有丝毫改变时，突然觉得一切是那么"荒诞"和"无奈"，于是这两大命题同时融入我的作品。

譬如我的长篇小说《城市蚂蚁》，刻画了外来打工者的生存处境和个人奋斗的悲壮历程以及他们内心的隐痛，揭示了社会最底层人群的挣扎和无奈。又如为我赢得较多声誉的《狗小的自行车》，通过讲述一个农家儿子因生活所迫成为城里人后淡漠亲情的故事，折射了现实生活中穷人的生

第二辑 让灵魂在指间开花

存困境以及城乡之间巨大差异等问题。

我很佩服那么一些作者，他们生活在社会底层，在承受生存的强大压迫时，还能写出一些轻松搞笑的作品。至少像我这样的作者，是无法做到这一点的。我还没练就面对惶恐欢快高歌的能力，我总习惯把生活揉碎融合于作品当中。所以，我始终强调作者生活与作品的关系，认定每部作品都是作者生活的摹本。

这正如我的长篇小说《城市蚂蚁》，我在后记中直言不讳地表明："它是我的半自传体小说，抑或说是我的一部心灵史。"而在《狗小的自行车》一文中，虽然从文字表面看不出我生活的影子，但在内部融入了我对农民身份屡遭不公平待遇的强烈不满，同样印刻着我的心路历程。

因为我的作品与生活血肉相连，"苦难"、"抗争"、"荒诞"、"无奈"，总会在我的作品里交叉错杂，导致形成了有别于其他作家的鲜明特色。作家陈村评价说："多年来，他面对现实，深切关怀笔下的小人物的命运。"文学评论家张柠则认为："他将目光指向了乡村，以及乡村无助的人的命运。他将当代农民生活的荒诞性，揭示得淋漓尽致。"

从这方面引申开去：每位作家风格的形成，是否都是一种不得已的行为？像奥地利作家弗朗茨·卡夫卡，假设不是家庭因素与社会环境，造成了他这种与社会与他人的多层隔绝，使得他终生生活在痛苦与孤独之中，他的小说还能否焕发出荒诞的充满非理性色彩的景象，从而令二十世纪各个写作流派纷纷追认其为先驱？

如果针对这方面而言，作为一名写作者，我是否应该感谢惶恐？它虽然总令我食不甘、夜难寝，但它却像美女海妖的歌唱，不断诱惑我前进再前进，突破了一道又一道的坎坷，创作出了一批风格独特的作品，以文字的形式向这个社会发着言，赢得了一个公民应有的尊严，使自己的人生更加具有意义。

在砂砾里发掘金子

推出《21 世纪中国新锐少年作家作品选》这样一套丛书，可谓蓄谋已久，但苦于时机不成熟，就一直耽搁着。现在，经过三年的酝酿，和三个月的精选细编，终于跟读者见面了。

这里入编的每位少年作者，都是我主持编辑的网站的作者；这里收录的每一篇作品，都曾经过我至少两次的编辑。作为国内最具影响力的少年文学网站的编辑，我面对的网上来稿以浩如烟海来形容一点也不夸张。而这里收录的每一篇作品，总是一次又一次将我的眼睛点亮；这里入编的每位少年作者，也总让我一次又一次感受到发现的惊喜。

作为一名文学编辑，我始终以发现和扶植文学新人为己任。基于此，这里入编的每位作者在被我发现之初，我便通过各种渠道竭尽全力予以推荐，先让他们在网站首页冠名"少年文学之星"醒目登场，随后让他们在我兼任编辑的几家少年文学刊物隆重亮相。由于自己的努力，他们中的一些得到了社会各界的认可，出版社为他们推出了个人专集，在少年文坛有了一定的影响力。

然而，出于对他们作品的熟悉和了解，我深知他们的水准跟目前所拥有的名气还没相配，我觉得对于这些极具潜力的少年作者们，应该在少年文坛赢得更多的地位。鉴于此，我开始策划主编这套丛书，目的不外乎使他们让更多的读者关注和认可，为今后他们走向文学殿堂铺平道路。当然，我不敢奢求经年之后，他们中的每一位都成为文坛大家，那是一种很不现实的想法，但我希望能有那么几位，通过我的推荐和扶植，能在未来的文坛叱咤风云！

记得，刚策划主编这套丛书之际，有好心人劝我放弃这种吃力不讨好的举动，他们认为花大力气来推这样一些默默无闻的少年作者，远不如编选已成名的少年作家的丛书来得省心和省力。但我还是一意孤行地坚持了下来，因为我作为一名编辑的同时，更是一位写作多年的作者，我深知伏案写作的艰辛，和长期被埋没的苦痛！说实在的，在我们这一行内，应该多一点雪中送炭，少一些锦上添花。很多时候，我甚至鄙视那些对明星作家热捧的所谓的批评家和名编辑们！我认为真正优秀的批评家和编辑，应当去砂砾里发现和挖掘金子，而不是面对已挖出的金子赞不绝口！

再说说这套丛书收录的作品，因为它们均出自少年作者之手，其成熟度和完美性肯定无法与名家的相比拟，它们中或多或少存在着一些缺点，有的甚至于是很明显的弊病。但其中蕴含的灵气和才情，不得不让我们由衷赞叹。成长只是一种过程，我们足可相信，随着他们年龄的增长、生活阅历的丰富、写作经验的积累，届时创作的作品一定不会逊色于活跃在当前文坛的大家们；我们也足可相信，不久的将来，他们将会成为一颗颗耀眼于文坛的明星！

最后，我想提起的是，自己花大力策划主编的这套丛书，由于入编的作者还不是当前走红的少年作家，其报酬可想而知是微薄的。然而，当我将这套丛书即将出版的消息，告知每一位入编的少年作者的时候，他们发出的一声声充满感激的"谢谢您"，使我的内心感到了无与伦比的快乐！我久久地沉浸在他们的理解带给我的无以名状的感动之中，这样的感动会促使我去更多地发现和挖掘那些尚埋没在砂砾里的金子。

充满欲望的挣扎

《北京泡泡》。初看这个眼下流行的标题，以为是一篇小资类作品。读罢，才知是一种误解。确切地说，那是一部具有严肃意味的长篇小说。

《北京泡泡》，讲述了两个艺人——女歌手杨妮和男画家宋荣桓，北漂时有关生存和爱情的故事。从表面上看，小说以男女主人公的爱情为主线逐步展开，似乎着重描绘了他们间的爱情历程。但读罢全文掩卷玩味时，展现在眼前的却是一幅北漂艺人痛苦挣扎的群像。

也许在这部小说里，作者企图讲述的是一桩起伏而凄美的爱情。可是，在我——一位读者——看来，文中重点凸现的却是北漂艺人充满欲望的挣扎。之所以加上"欲望"两字，是因为那种挣扎里饱含着对物质和名誉的追求。当然，作为一些社会最底层的艺人，由于他们的处境所限制，决定了他们的挣扎必定遭受辛酸和屈辱，杨妮为了有朝一日能出人头地，只能离开深爱的男友宋荣桓；自命清高的张伟健迫于生计，只得放下高雅艺术，为画廊经理画裸女；陈大同为了跟女友晶晶结婚，屈尊给鞋店老板拎皮包……

显然，这样的挣扎是无奈的，这正如杨妮的歌词里所写的那般："花拼命地扭着花枝想要挣脱地面/可大地太强大啦/……/我看你摊开两片花瓣摇摇头，露水一溜儿落下来/你是在哭了/你哭了，你只能永远永远地被紧紧拉在大地上……"他们像一朵朵花，企图挣脱地面，但因大地太强大，最终还是只得留在大地。姜大胡子最后放弃了北漂，在是镇党委书记的妻兄的安排下，回到家乡去当中学美术教师；而同样作为女歌手的安雯，最终以自杀结束了她的挣扎历程……

而从另一层面上而言，小说中的那些底层艺人的挣扎又是邪恶的，譬如杨妮为了达到目的，不惜出卖肉体，为一些大款轮换包养等。但为了冲淡这种邪恶的成分，作者着重安排了宋荣桓对杨妮的那份纯洁爱情。也正因为这一种感情的存在，让我们从渺茫中看到了希望。这也正是这篇小说的力量所在。

　　《北京泡泡》的作者是我曾经的同事、现在的好友。根据我对他的了解，他是一位个性张扬的家伙，他言语夸张，行为怪异，打扮另类。但这所有的一切，在《北京泡泡》里显然"销声匿迹"了。《北京泡泡》写得是从未有过的规矩！按作者老 e 自己的话说，这是一部他的半自传体，是用灵魂来书写的，必须来自内心的真实。

　　的确，就小说本身来看，《北京泡泡》无论从语言、结构、技法上，都属于非常老实的写法，完全摒弃了那种装腔作势的作态。值得一提的是，作者在处理有关性的描写时，大都蜻蜓点水式地一笔带过，在各大网站上发表时，被誉为"网上最纯粹的爱情小说"。这在"下半身写作"、"时尚写作"等泛滥成灾的时下，无疑是难能可贵的，从中也显示了作者写作上的自信。

　　当然，每一部作品都不可能是完美的。《北京泡泡》作为一部描述北漂的小说，比较深刻地揭示了那些漂在北京的艺人的生存处境。也可以这么说，较为普遍地反映了中国所有底层艺人的挣扎历程。但也存在某些方面的欠缺，比如作者在处理这个题材时，有趋于通俗化的倾向，这从某种程度上而言，削弱了严肃小说的纯洁度，也锐减了作品的深刻性。

　　不过，这也许正是作者的目的所在，他压根儿不想成为一位严肃作家。关于这一点，他在一篇网文中阐述得相当明了："俗是我的俗，酸是我的酸……又'俗'又'酸'的，却比那些'清高'的、'艺术'的好看多了。所有艺术应该直接来自于生活，来自于心灵的真实要求，而不是来自于文学的观念和以文学讨金钱名声的需要。"

　　无论怎么说，对于任何一部小说，读者是最有发言权的。《北京泡泡》

能以一种纯粹的文字、纯粹的故事，在未经任何炒作的情况下，自动地吸引成千上万的网上读者，欲罢不能地阅读和不约而同地感动，已足以说明这是一部难得的好小说了。

第二辑 让灵魂在指间开花

矛盾人生的真实凸现

洁净而飘逸。这是我对李利忠文字一贯的印象，并始终以为他"挥兹一觞，陶然自乐"地生活着。这种印象的产生，缘于对他发表于报上零星篇章的阅读。

自然，光凭几篇作品而下此定论，有时难免失于偏颇。这次捧读了李利忠的散文集《深夜的奇迹》后，我对李利忠的文字有了更为全面的认识，我觉得他的文字不仅仅局限于"洁净而飘逸"，还兼容着"深刻而凝重"的一面。

"洁净而飘逸"与"深刻而凝重"，表现在文字上，是两种迥然不同的风格。在我浅陋的阅读中，很少有作家的作品如此并存过。然而，李利忠的散文集中，这两者和谐地统一了起来，并有机地融成了一个整体。文字因心灵而生。窃以为，这不仅是李利忠文字的矛盾之处，从深层次而言，应该是其生存处境抑或内在个性的矛盾之处。

据我所知，李利忠这本集子里的文字，大多是以"李庄"这个笔名发表的。作者为什么起用这个笔名？我个人臆断，想必跟崇尚无为的庄子不无关系。这就是说，李利忠向往那种潇洒而自在的生活。也许因为这种向往的存在，他的文字里处处流露出这样的印记："但宝石山是动静咸宜的，如同朴素克己的大家闺秀般优雅的保俶塔使我相信，所谓如意，并非是让生活不断追赶日益高涨的欲望，而是代表了一种如水自然的生活态度和风范。"（《登高》）"似乎有谁说过，冲泡绿茶的过程是感受情爱的过程。虽然我的心灵尚不至于如此善感，却于绿茶情有独钟。这不仅是因为我喜欢绿茶的汤色翠郁，味道清芬，更因为我喜欢绿茶保持了茶的本色，不像红茶、花茶、乌龙茶、普洱茶之类，失去了茶的原韵。生活中，我喜欢本色的东西。"（《清福》）

可是，一个人要在世俗里生活，向往说到底只不过是一种梦想，是建筑于现实之上的空中楼阁而已。所以当面对残酷的现实时，李利忠自然不可能像庄子那般洒脱了，他不得不向生活妥协或应战，于是在自己的文字里，他显现出了深刻而凝重的一面："那一瞬间我怅惘无措，许多年的乡村生活，已使我更为接近一位地道的农民：一旦灾害来临，他就本能地关闭通往心灵之路，而用黝黑的皮肤去承受阳光的焦灼，用嶙峋的骨架支撑起孱弱的身体。那个夜晚我与琴坐在子夜的窗前，感觉到了一种连暖色的灯也安抚不了的孤寒。"（《萌芽》）"我看到我们曾经坚持过的理想和憧憬就像商场中那些漂亮的塑料家什，最初的迷人色彩和光泽在日复一日的使用里渐渐蒙尘渐渐黯淡渐渐磨损，最后灰头土脸地呆在毫不起眼的角落里，无人能记起它们当初是如何美丽，所有美妙的细节早就被琐碎的日子消耗和打磨得了无痕迹。"（《生命的段落》）

从上述所举的文字中，我们不难判断出李利忠的内心是矛盾的，他一方面企图挣脱现实的枷锁，不食人间烟火地生活；可另一方面，现实像荆棘一般紧缠着他，在他的骨子深处烙下了沉重的因子。由此，矛盾应运而生，衍化成迥异的风格，在他的文字里遍地开花。

我跟李利忠神交已久，但真正见面是在不久前。而通过跟他的几次交往，对他有了一定程度的了解之后，我发现他的生存现状和个性，恰恰印证了我上述的臆断。李利忠没上过大学，职高毕业后，先在家乡砍柴种地，来杭州后做过装卸工，踩过三轮车。后凭着自己写作上的实力，经一名颇具慧眼的编辑引荐，才终于得以进入报社当编辑，从此脱离出卖体力为生的艰难处境。然而，进了报社的李利忠，虽然在生存方面有了一定程度的改观，但因为没有学历，没有这个城市的户口，他依然徘徊于这个城市最底层群体的边缘：没有办理暂住证，深更半夜为民警呵斥；为了压低一点租金，跟房东讨价还价；为供养妻儿，省吃俭用。生活过得十分的窘迫而无奈。可是，李利忠似乎并没因为这一切而哀叹，他坦然地认为，这样的生活比起他当年踩三轮车来已经好多了！并拒绝去考一纸形式上的大学文凭，以弥补其学历上的不足。

也正是因为这些矛盾的错综交杂，深深地影响了李利忠的个性，由此及彼影响到他的文字，使他的作品变得丰富而多样，给他的集子增添了无穷的魅力。

当然，从一个读者的角度而言，李利忠的文字带给我们的远远不止这些，它不仅展示了城市边缘人群的生存处境，同时也深刻地揭露了他们内心的无奈和隐痛。

像木匠一样爱你

如果网上认识也算认识的话，那我认识庞白有好几个年头了。当时，我帮朋友的忙，为《杭州作家》组稿，庞白投来诗歌支持。记得，《杭州作家》曾发过几首。至于是哪几首，随着时间的流逝，我现在已记不清了。但能够清晰地记得的是，我跟庞白的认识就在那个时候。过了一年，我不替《杭州作家》组稿了，跟庞白的交往逐渐减少，到后来自然就中断了。但他的诗歌常在网上碰见，只是自己是写小说的，对诗歌不是太关心，所以庞白写了什么诗，属于什么流派，具有什么样的风格，一直不是很清楚。

前几天，久未联系的庞白，突然在我的博客上留言，说刚出版了一部诗集，要送我一本，着实让我吃了一惊。吃惊之余，不由地感动，感动于这么久了他还记得我，而且将我排入送书者之列。这说明他是当我为朋友的，也说明他是个朴实的人，没有因为我不组稿了，用不着通过我发稿了，就将我从此抛到脑后。而这样纯真的人，在现在的社会里，在见惯了"势利眼"之余，实在是难得一见的。所以，在收到他的《水星街24号》当天，我就开始欣然地研读。在我的认识里，具有这样品德的作者，其作品是值得关注的。

因为正好逢上双休，我就花了整整两天时间，读完了庞白的诗集，地点在小区的公园里。我阅读诗集《水星街24号》时，坐着草木丛中的石凳上，身上沐浴着温暖的阳光，旁边有小孩在玩耍，还伴缀着鸟啼和虫鸣。尽管环境显得有些嘈杂，但一点也不影响我的阅读。因为庞白的诗歌，具有跟那个环境相同的气质——简单、真实、纯朴，充满生活气息。我甚至认为，阅读庞白的诗歌，就应该在那样的环境里，如果换在优雅的书房里，或许还读不出其中的味道来呢。

在庞白的诗集《水星街 24 号》里，我发现其中的每一首诗，都用简单的诗句构成，而且有口语化的倾向："一天中不知有多少/被称作垃圾的东西/从我们的生活中消失//……"（《垃圾》）"你会死吗？会的。那你去死吧/在哪里出生就在哪里死去/这是你的想法。显然/你的美好想法永远无法实现//……"（《疑问》）这对诗歌写作者而言，是一种极大的挑战，因为运用得不好，很可能导致淡而无味。然而，庞白显然是语言的高手，他恰如其分地把握，使诗句在简单的同时韵味十足。

庞白诗集里的每首诗，都是真实生活的写照。在阅读他的诗歌的时候，我时不时地产生错觉：庞白正盘腿坐在我的对面，讲述他所经历的和正在经历的。他说："在四川松潘县/我想买一把刀/那是藏民摆卖的/……"（《松潘》）他又说："……//突然在外省的镜头中/一个熟悉的身影扑面而来/一秒，只一秒/我马上确认了那人是失踪三年的阿花/……"（《看电视》）在他创作的诗歌里，他似乎无意充当圣人，也不想做布道者，只是以一个普通人的身份，以跟读者平起平坐的姿态，向读者叙说他想说的一切，从而利于读者无限接近他的内心。

"我相信故事，没有故事就没有文学。"我不知道庞白是否读过胡安·鲁尔福的这句话。这句话是那位拉丁美洲魔幻现实主义代表作家针对小说而言的，但同样适用于其他体裁的文学作品。通过庞白的诗歌，可见他是深得其精髓的。他的每首诗都包含着一个故事，有的甚至还惊心动魄，譬如《钉子》："……/中学时一位历史老师告诉我/他曾亲眼目睹一枚钉子/平静地进入一个地方/那是他未婚妻可爱的脑袋/老师的未婚妻贴着墙壁/冲他幸福地扮鬼脸/扭头的瞬间/钉子中断了他们的幸福//……"这使他的诗显得无比生动和充满想象空间。

通过对诗集《水星街 24 号》的研读，我觉得庞白的诗歌，像他在《像木匠一样爱我》里所描述的那根木头一样，可能没有"高贵的挺拔"和"珍贵的流芳"，或许还"有些小虫眼"和"看起来不怎么样"，但它们很"结实"，会刚合读者的"心意"。读者尽管对他的诗歌中存在的问题，或许会像木匠一样"砍"，或许会像木匠一样"刨"。但在他们的内心深处，相信一定会像木匠一样"爱"。

第二辑 让灵魂在指间开花

在细微处见荒诞

鉴于当前国内文坛规矩丧失，很大部分文学刊物用稿不透明，或编辑与编辑交换发稿，或作者通过关系发稿，甚至有送礼、卖身发稿等现象存在，文学刊物的质量是一日不如一日，刊登出来的作品几乎不堪入目，所以笔者已有好几年没订阅了，甚至连赠送给笔者的若干刊物，也只是顺手一翻便束之高阁。

但许仙最近发表的两篇小说《水妖》和《无边的苍穹》（《西湖》2008 年第 12 期），我是认真阅读的：一、许仙是我多年的文友，我们平时交流甚多，他在文学创作上的发展，我一直是备加关注的；二、许仙是一个老实的作者，在他身上不存在前面的那些现象，他每一篇作品的发表，靠的都是作品本身的质量。当然，这两篇小说，也是笔者在今年的刊物上，唯一阅读的文学作品。

许仙的本名许顺荣，他为什么取笔许仙？我没向他深究过，但从他的外表看，跟传说中的许仙，我觉得很不吻合，他长得腿实臂壮的，一拳打得死一头牛，给人的感觉就是粗糙。但这只是表象，他内心纤细得很，活像一条弦。对于这一点，不熟识他的人，或许是感受不到的。

然而，读者通过他的作品，完全可以感受到。譬如在《水妖》里，他写"我"跟阿根爸去钱塘江上打野鸭，他写阿根爸的蚱蜢船："很小，但很有意思，一摇一晃悠哉游哉，全然有唐宋古风。"他写野鸭："你看，它们来了，两只，仿佛天兵天将从天而降，一个小旋转，动作优雅地'钉'进了钱塘江里，不见了。"

他的作品在细部的处理上，总是那么精致和细腻，这不仅折射了他内心的纤细，同时也展现了他的写作功力。从这些细节中，我们不难看出，他作为一个小说家，所具备的观察力和敏锐感，以及写活事物的高超本事。

许仙这次亮相的《水妖》和《无边的苍穹》，应该是风格迥异的两篇小说，前者以细写为主，后者以叙述见长。但无论是细写还是叙述，他都处理得相当娴熟，无几生硬的痕迹。他把这两篇小说拿出来，放在一个专辑里发表，不知有否在向读者展示，他驾驭语言方面的风采？

不过，这两篇小说也有共同之处，那就是都掺入了离奇的情节。在《水妖》里，"我"听刘大爷讲村长老董撞鬼被鬼踢以及刘大爷亲眼见鬼的经历；《无边的苍穹》中，则来得更彻底，干脆"我"直接路遇了早已死去的马度，以及与刚死的假正经还在打情骂俏。

这些情节的穿插，使他的小说突破了写实的范畴，融进了荒诞的意味，增添了梦幻的色彩。可是由于许仙一直来写实，现在尝试现实主义荒诞化，有些地方处理得还比较生硬，这有待于他更多地去探索。但不管怎么说，他已勇敢地跨出了脚步，这是一件令人欣喜的事。

许仙还是一个讲故事的高手。这在《水妖》和《无边的苍穹》里，我们或多或少可以领略到。虽然这两篇小说中，里面的故事并不曲折，但通过他的精心处理，无疑都焕发了亮丽的光彩，读起来是那么复杂和动人。而特别能显示这方面才能的，是他的另一篇叫《吕蒙的枪》的中篇小说。

作为一名小说家，无论你多么优秀，难免有不足的地方，落实到许仙的身上，自然也不能幸免，他的一些小说里面，大都有一些赘笔。例如在《水妖》中，"我"跟阿根爸去打野鸭，他把去打的整个过程，进行了全景式的展开。这其实是不需要的。因为打野鸭的过程，在这篇小说里，虽然起着一定作用，但并非十分关键。《无边的苍穹》中，对社区花园的描绘，也存在过细之嫌。

另外，在《水妖》这篇小说里，在故事的合理性方面，我觉得许仙没有处理好。春茹妹得知"我"想跟水妖做爱，当天晚上她就赶到燕子河边扮水妖，结果被几名少年当成了真的水妖，用石块和砖头赶入河里，最后春茹妹就这样淹死了。粗看也许没什么，但真的细究起来，存在编造的痕迹。我总觉得春茹妹的死，不应该像小说中是给淹死的，而更像是让许仙给特意谋杀的。呵呵。

　　据我了解，许仙以前是写散文的，改写小说也就几年工夫，但他在这么短的时间里，在小说创作方面取得如此成绩，已非一般小说家所能比拟。"给他一个支点，他能撬起整个地球。"随着时间的推移，相信凭他的才气和潜力，一定能够写出有影响的小说。

艰难而成功的穿越

写人物传记，有两类人物最难处理：一类是家喻户晓的公众人物，另一类是颇具争议的名人。而娃哈哈掌门人宗庆后，无疑是上述两类兼而有之者。要撰写他的传记，是一件辣手的事情：一、关于宗庆后的传记性文字，虽不敢说汗牛充栋，但以"长篇累牍"来形容，一点也不为过，要想推陈出新极其不易；二、"达娃"之争、"偷税门"风波、"绿卡门"事件等等，眼下的宗庆后正身陷漩涡，孰是孰非尚未明确，如何判别是一个难题。

当时，文友真柏兄告诉笔者，将应浙江人民出版社之邀，撰写宗庆后的传记时，尽管笔者深知他在这方面是行家里手，但或多或少还是替他担忧。现在，读完《商战不倒翁——是是非非宗庆后》，笔者不禁愁意全消，且惊喜无比。因该书不仅成功地破解了笔者所顾忌的两个难题，而且从艺术性上超越了国内同类传记性作品。同时，相对真柏兄以前的作品，它有了质的飞跃，达到了一个新的制高点。

《商战不倒翁——是是非非宗庆后》是一本关于商家的人物传记，但作者真柏凭借文学创作方面的深厚功底，摒弃了人物传记用新闻笔法撰写的惯例，大胆运用了小说创作的技巧进行处理，在保持人物和事件完全真实的基础上，大大增加了传记的文学色彩，使该书既具有了史料的功能，又起到了悦读的效果。在眼下枯燥乏味的人物传记中，无异于一道亮丽无比的风景。

《商战不倒翁——是是非非宗庆后》围绕娃哈哈教父宗庆后与娃哈哈的关系进行展开，但作者并非一味地平铺直叙，他在收集到的大量翔实的资料的基础上，重点攫取了宗庆后商战方面的事例加以浓彩重抹，成功地塑造了宗庆后作为商战不倒翁的人物形象，同时作者真柏充分动用了讲故事的技艺，将那些商战事例写得跌宕起伏，使读者不知不觉中追随宗庆后，亲临了一场又一场扣人心弦的商战。

在国内的出版物中，大凡涉及到企业家的传记，大都是对传主的歌功颂德，而对其缺陷避而远之。但《商战不倒翁——是是非非宗庆后》似乎不同，作者真柏显然是铁面无私的包拯，对宗庆后的"功"不惜笔墨加以赞许，但对他的"过"也丝毫不曾放过，一一揭示出来呈现给了读者。这样一来，强化了宗庆后这个人物的复杂性，使这个人物形象更具立体效果，同时也增强了该传记的客观性和真实性。

《商战不倒翁——是是非非宗庆后》涉及的资料非常详尽，看得出作者真柏在收集材料上花了很大的功夫。更难能可贵的是，面对浩如烟海的资料，作者真柏没有像其他立传者那般，停留在简单的罗列和整理上，他将这些资料全部进行了消化，再经过精心的处理和构建，使之血肉相连、互成整体，齐心协力为这本传记服务，展现了他在人物传记写作方面，作为能工巧匠的高超手艺。

特别值得一提的是，《商战不倒翁——是是非非宗庆后》最后一节，别出心裁地提出了"七个猜想"，可谓是全书的画龙点睛之笔。作者真柏通过对这"七个猜想"的自问自答，将那些牵涉到宗庆后的尘埃未定的事件，巧妙地进行了天衣无缝的处理，同时也让读者深深领略了作者真柏渊博的知识量，以及他作为一位有社会责任感的作家，所具备的独到的见解和思想的光芒。

极具影响力又颇有争议的宗庆后，是一位难以书写的传奇性人物。要写好关于他的传记，犹如迈过充满艰险的陡途。但青年作家真柏凭藉他不凡的身手，假借《商战不倒翁——是是非非宗庆后》，完成了一次成功而漂亮的穿越。

行走的写作者

心中有情，花草皆有情

"故事发生在战乱纷飞的三国时代。一次，由诸葛亮率领的一支军队被魏军围困山中，弹尽粮绝饥渴交迫之际，士兵们突然在草丛中发现了一种红彤彤的果实，这种小小的果实十几枚一簇，聚生在一种矮矮密密、长满锐刺的灌木上，正散发着引人馋涎欲滴的红光呢。"

这是一篇介绍火棘果文章的开头部分，那篇文章的标题也很有诗意，叫做《那绵粉而久违的口感》。

在青年作家真柏的新书《花花草草的七情六欲》里，结集了63篇风格类似于《那绵粉而久违的口感》的作品，由中国时代经济出版社隆重推出。

这是一本介绍花花草草的书，但作者摒弃了枯燥的说明文写作方式，娴熟地运用语言优美的散文笔法，通过一个个动人的故事，抑或几段悠久的传说逸闻，把原本看似无情的花草，塑造得个性鲜明、情深义重。

比如，真柏兄介绍枸骨："本来要想驯化枸骨就不是件容易的事儿，让它离开大自然这么脚上带伤蜗居到一方瓦盆之中，它当然就更不愿意了。所以，枸骨虽然满山随处可挖，但要成功地改造成存活的盆景，还是蛮有难度的。"

在这里，我们看到的似乎不是一株枸骨，而是一个脾气犟强的硬汉。而更令人拍案叫绝的是，他介绍牡丹的那篇《没落贵族的悲凉》。在那篇文章里，作者写了去浙江花木城打探牛年花卉行情，目睹曾贵为"国色天香"的牡丹遭受无情冷落的凄惨景象，读来不由令人感伤。

然而，作者行文至此似乎还不甘罢休，他进而讲述了"女皇武则天怒贬牡丹到洛阳"的轶事，来强调牡丹"不但芳姿艳质足压群葩，而劲骨刚心尤高出万卉"的个性。最后在文末不无感叹道："可怜这当年连武则天都不放在眼里的牡丹花呀，即便丢了固守千年的尊严，在刺骨的寒风中低三下四地绽开花蕾，却还是换不回人类善变的心啊。"

通过牡丹从荣尊到贫贱的遭遇，写出了人世间的世态炎凉，使作者的笔不再停留在简单的介绍花草上面，而递进到了对社会和人性的思考当中，呈现了作者作为一位有良知的作家所持有的姿态。

当然，《花花草草的七情六欲》的最大特色，还是作者用一双懂得草木的眼睛，用一颗善解花意的心灵，悉心地聆听着那些花言草语，感知着它们特有的性情，并运用自己手中的笔，将其一一展现出来，让读者了解它们的七情六欲。

通过这本《花花草草的七情六欲》，我们不仅看到了作者通古博今的才识，感受到了他对自然和生命的那份热爱，同时也让我们深深领悟到：那些看似无情的花花草草，原来是自然界中最优美和富有灵性的尤物。

八本杂志，不仅是八个窗口

阅读《杂志民国：刊物里的时代风云》之前，我只零碎地浏览过周为筠先生的几篇博文，对他的作品其实谈不上了解。这次，捧读了最近由金城出版社隆重推出的他的这本新书，不由地深感意外，震惊于这个八零后学者的博学、成熟、尖锐和深刻。

《杂志民国：刊物里的时代风云》是展现《新青年》、《良友》、《语丝》、《新月》、《生活》周刊、《独立评论》、《观察》、《东方杂志》等八本民国时期著名的杂志的。周为筠先生充分发挥他在历史与文学这两方面的深厚积淀，用优美而不失简练的笔调全面而系统地描述了它们的创办始末和荣辱兴衰。

周为筠先生在他的《后记》里，对于撰写这么一本书的起因，归结为："对杂志我向来有着特殊的癖好"，"写作这本书也正是我'杂志癖'的驱动"。笔者认为，这也许只是他谦逊的表示罢了。其实，通过这本书，我们应该可以清晰地窥见到，他写作这本书的真正的用意。

确实，《杂志民国：刊物里的时代风云》是讲述那八本民国时期的著名杂志的。但它跟同一类型的图书有一个显著的差别，即周为筠先生的笔触并没停留在介绍的层面上，而是通过那几本杂志淋漓尽致地演绎了民国这个时代的起起伏伏和万象斑斓。这也使这本书浸染了磅礴的气势，具有了史书般的意味。

当然，作者的意图还不仅于此，他还以那八本杂志为平台，概括性地呈现了鲁迅、胡适、邹韬奋、张元济等无数个面孔和无数个人生，缜密地阐述了"杂志如戏"的哲理。对于这一点，他在《后记》中说得很明了："我也尽力把这些杂志当做一幕有起有落的大戏来叙述，这其中人物在大时代里扮演着各自的角色，从他们一字一句的道白中清晰显现。"

如果作为一本展现民国杂志的书籍，作者能够做到上述两点，应该说已经比较成功了，它不仅显现了作者的博学多才和纵横时代的全局性书写能力，并且在全书中完美地融入了对人生和人性的思考。然而，作为一名学者，周为筠先生对自身的要求，是远远超过读者的期望的，他的笔触还在朝着更深处挺进——

这让我们通过他的这本书，"从集纳大量丰润真切的历史细节中"感受到"民国的种种情境"的同时，也清晰地了解了他对民国世态的独特审视和理解。譬如，在《〈新青年〉：时间开始的地方》中："不过，《新青年》强烈的反传统和全盘西化一根筋到底，如同一枚硬币的正面和背面，非黑即白的一元化思维具有时代局限性。没有哪一个民族会在废墟上再造文明。不过说到底，同人们思想本身正是中国传统中反传统思想方式的表现，他们始终未能跳出传统的思维模式。"

又如《〈良友〉画报：眼睛的冰激凌》中："《良友》的成功看似只是一个个案，实质却是上海文化产业和都市消费的必然产物。当《良友》羽翼日趋丰满时，对于都市土壤便不再只是依赖，而是成为都市风情的有机组成部分。在它各期中反复出现了上海都市场景图片，构筑了一个梦幻般的都市空间的象征体系。"

除此，他没有将这些见解孤立在民国那个时期，还跟当代进行了巧妙的契合，例如在《〈新青年〉：时间开始的地方》中："历史的车轮轰隆隆碾过，《新青年》那振聋发聩的声音却在岁月的山谷间回荡。曾经的叱咤风云尽管风流云散，但她的精魂仍在当代飞舞。当我们回眸那段壮丽的精神日出时，并非只是某种为了忘却的纪念。《新青年》点燃了民主与科学之火，擂起了思想解放的战鼓，直到今天，我们依然能感受到它的影响并为之继续跋涉前行。"

周为筠先生就是通过这样的审视、理解和契合，来"寻求现实行为和理论的合理性"，从而力求"在对民国想象的基础上建构新的思想谱系"的。这不仅折射出他作为一名年轻学者所具备的深度和良知，也凸现了他的雄才大略。也正因为此，读《杂志民国：刊物里的时代风云》一书，不会只是"当大幕落下多年后，今天再去回味其中，仍能看得泪花点点……"而足以让我们"在对中国的未来做出预设与憧憬的时刻"，"嚼一嚼民国所留下的思想文化余根"。

第二辑　让灵魂在指间开花

我与《中国宝剑史：龙泉宝剑》

在这个春暖花开的时节，《中国宝剑史：龙泉宝剑》终于"开花结果"，日前由西泠印社出版社以首印一万册的数量隆重推出。

记得，2020 年 3 月，当突如其来的"新冠肺炎"正在全国大地肆意蔓延时，龙泉宝剑掌门人、工艺美术大师张叶胜先生，特地驱车从龙泉奔赴杭城与笔者会面。而在见他之前，笔者的一位朋友陈豪先生，已提前数月邀约：为"龙泉宝剑"写一部书。但笔者一直迟疑不决，一则"龙泉宝剑"虽耳熟能详，但对它的实际情况不甚了解；二则这些年来倾心于创作源自内心的作品，很少再接受应景性写作的项目。

然而，跟张叶胜先生、陈豪先生和策划人赵建华先生等人进行了半个下午的交谈后，笔者欣然接受了这项写作任务，原因依然有二：一、被张叶胜先生的诚意和侠气打动，觉得跟他合作应该会是一段愉快的旅程；二、通过张叶胜先生的讲述，对"龙泉宝剑"有了初步认识，觉得写作这个项目非常具有意义。

过了一周，笔者受邀与九三学社同仁倪闻华先生一道去了一趟龙泉，实地考察"龙泉宝剑"的现实情况，在张叶胜先生亲自陪同下，走访了"龙泉宝剑"的厂区以及一些专卖店。应该说，那次龙泉之行，虽然时间短暂，不足两天，但对龙泉宝剑厂的发展脉络和现今规模，有了较为全面的了解。

当然，收获不止这些。让笔者深为感动的是，还有作为龙泉宝剑掌门人的张叶胜先生，为了维护和发展"龙泉宝剑厂"这家"老字号"企业、传承和创新"龙泉宝剑"这个"国家级非遗"所投注的那种"呕心沥血"。

由于对"龙泉宝剑"蕴含的深厚的历史文化充满着敬畏，以及备受张叶胜先生身上的那种工匠精神的鼓舞，笔者在那趟龙泉之行期间举行的《中国宝剑史：龙泉宝剑》一书签约仪式上，当即动情而信心满满地表示："我将会全力以赴写好这部书，圆满完成这个具有历史意义的任务。"

笔者为什么把这个写作任务说是"具有历史意义"？因为这部书稿如果完成，将填补龙泉宝剑史上的三个空白：一、"龙泉宝剑"已传承数千年，其发展脉络没有一本专著系统描述；二、"龙泉宝剑"自春秋战国欧冶子首创迄今，涌现出无数位铸剑大师，他们的事迹没有一本专著进行记录；三、"龙泉宝剑"虽说只是一种器具，但象征意味深远而宽广，没有一本专著做过挖掘。

可始料不及的是，正当笔者潜心投入此书的写作之时，遭遇了家父生病、抢救、离世等一系列重大憾事，使笔者一度陷入悲痛之中不能自拔而停笔。幸亏有"龙泉宝剑"的精神在召唤，终于让笔者慢慢地振作起来，重新握起了手中的笔。在此，要特别感谢笔者的助理、河南才女王源源，为顺利完成此书的写作，协助笔者做了大量的工作。

而将这部"奋战"近半年的书稿交付后，感激张叶胜先生对笔者的充分信任，予以了最大程度的认可。随后，承蒙浙江文化大家黄亚洲老师和著名影视艺术表演家濮存昕先生的厚爱，在百忙之中抽出宝贵时间欣然为此书写了序言。在此书成稿的过程中，也得到了钱庄、蒋易君等诸多专家、学者以及相关部门、协会和行业人士的无私支持和帮助。

真的很感谢他们——带着强烈的历史使命感和浓重的民族情怀，在"龙泉宝剑"历经千年风雨沧桑依然散发着璀璨光芒的传奇之路上，一起为更好地传承中国传统民间技艺和弘扬中华民族精神而携手共进、砥砺前行，从而使得"龙泉宝剑"这个"国之瑰宝"能在新时代焕发出更加绚丽的光彩！

描绘当代市井的"工笔画"

　　殷沈超的长篇小说《超级社工》，由台海出版社出版不久，就摆在了笔者的书桌上。由于近期忙于一些事务，只能抽空断断续续阅读。经过一段不短的时日，于这个酷热的秋初，终于读完了这部作品。根据笔者对作者的了解，殷沈超，出生于上世纪 70 年代，有多年创作幻想架空类小说经验，出版过长篇小说《星际之霸》。近年来，他涉足现实题材创作，《超级社工》便是他的转型之作。

　　这部小说，讲述了一个救人者被人所救的故事。这位救人者，也就是小说的主人公向简，他因父亲意外死在家中深感自责，怀着对母亲的怨恨，独自住在一间公寓里，遵照父亲的教导"做对的事"，在一家社区做义工，希望通过帮助别人救赎自己。可事与愿违，现实让他备受压抑，最终濒临崩溃。后在集善良智慧美丽于一体的女子佟邻的帮助下，终于摆脱内心的阴影，重新面对现实……

　　记得，收悉《超级社工》前，作者通过微信向笔者推送过多篇小说，整体感觉他习惯采用纯叙述语言描绘人物的生活琐事，呈现的众多场景展示均喜欢运用白描手法，并追求详尽描述整个事件过程推动情节发展。对此，笔者提出过异议，认为这样事无巨细地娓娓道来，读起来感觉过度琐碎，容易让人产生阅读疲劳。不过，这种写法"落实"到眼前这部小说上，"短板"转化成了"优势"。

　　确实，《超级社工》是一部以社区居民生活为题材的小说。确切地说，是一部当代市井小说。它所反映的，没有远大的理想，没有尔虞我诈的纷争，有的只是柴米油盐、吃喝拉撒和纷扰世事。这类小说，需要的是对"细小而平凡的故事"的勾勒以及对"说不完、道不尽的张家长、李家短的生活"的描述。换句话说，适合运用"工笔画"的写作技法去应对。而这正好是殷沈超所擅长的。

在绘画体系里，工笔画，亦称"细笔画"，崇尚写实，求形似，要求"有巧密而精细者"。在《超级社工》这部小说里，作者充分借鉴了这种技法。比如，他写向简见到的李素梅："她撩起头发来，规矩地别到耳后去，露出了玲珑有致的耳朵。"又如，他写李素梅约见向简的饭店："店内浅白的灯光让所有人看起来都像童话故事里的人物，清晰却又模糊的身体，真实中带着幻象般的光晕。"

这样的描绘，在这部小说里，可谓比比皆是。但读罢，你会发觉：其实，它们对推动情节没起到作用。这时，你或许会困惑：为什么这样写？对此，作者在"自序"里已作了说明："正是这十年间两点往返跑的历程，让我注意到了生活中那些零碎的枝条，懂得了它们的重要性，这点小小的觉悟把我的写作思路从幻想小说中带离，并促使我去写现实类的小说，因此才有了这部《超级社工》。"

从中，我们不难发现，作者的"重心"，与其说是在写一部"小说"，不如说是在记录一个"现实"。只不过"小说"这种文体，是他追逐的那个"现实"的载体罢了。这正如我国十大传世名画之一的《清明上河图》，它虽然具有非常鲜明的艺术特色，但现今的我们真正关注的是它的历史价值——它生动记录了我国十二世纪北宋都城东京的城市面貌和当时社会各阶层人民的生活状况。

而殷沈超的这部小说，固然没有《清明上河图》那么"高大上"，然而作者通过极为细腻的笔触，精细地描绘了生活在城市社区里的向简、佟邻、李素梅、姜斌等居民的外貌和生活场景，使得这批人物和景物的形象变得异常生动逼真，从而准确地反映出了当代社区居民群像的日常状态，强调凸显出了他们的人生阶段经历，最大程度上地体现出了城市社区——这个当代市井的纪实性。

用民间视角构建的"全新历史"

笔者跟余喜华相识于 2019 年下半年，其时笔者供职于《山海经》杂志社，他投来一篇关于"宁溪二月二"的地域文化稿。由于，当时杂志强调稿子的"故事性"，而余喜华的那篇稿子这方面相对薄弱，加之他没有创作小说或故事的经验，那篇稿子在笔者的要求下被反复修改了五六回才过审。

后来的日子里，作为作者的余喜华，在作为编辑的笔者这里，又屡次"遭遇"过他第一次向笔者投稿的那种"境况"。但难能可贵的是，他都"熬"了过来。也许正因为在创作上有着这般勤奋、虔诚和坚韧，这位曾经的理科生便在短短的六年时间里，在各类报刊上发表了五十多万字的作品。

最近，他更是捧出了一个沉甸甸的"果实"——由上海文艺出版社出版的收录其历时近三年半创作的 51 篇漫谈《水浒传》中的人物或事件的文化随笔集《水浒谈》。说实在的，在笔者认识的诸多作者中，不乏勤奋耕耘者，但能在这么短期内收获如此丰厚的可谓绝无仅有，余喜华无疑创造了奇迹。

当然，笔者想说的，远不止这些。如上所述，笔者与余喜华相识已三年，期间通过来稿和微信群、朋友圈等途径，阅读过不少他的散文、游记、文史、科普等作品，普遍的感觉是流于一般。而这次的《水浒谈》，认真捧读之后，让笔者倍感惊喜，彻底改观了一贯来对余喜华作品的偏颇之见。

确实，余喜华的《水浒谈》，不失为一部佳作。作为一部文化随笔集，每一篇均围绕着《水浒传》中的某个人物或事件，在写法上旁征博引，但不作理论性太强的阐释，行文缜密但不失活泼，结构自由但不失谨严，使整部书"理趣"横生。特别值得一提的是，采用了"平民视角"进行解构。

譬如，李逵这个角色，在约定俗成的评价中，"心粗胆大、率直忠诚，同时又鲁莽好战"。可余喜华在《嗜杀成性的李逵》中，以《水浒传》中关于李逵的诸多事件为依据，重新评定其"不仅嗜杀，而且有吃人肉的原始兽性，超出了人性的底线"，是"宋江豢养的最忠实的打手"和"狡诈之人"。

又如，读者一般都认为时迁"能力出众，功勋卓著"。但余喜华并不这样认为，他在《一只鸡引起的战争》中说："因为一只鸡，引发一场战争，导致三个村寨被毁，无数无辜村民伤亡，财产遭受巨大损失……始作俑者，鼓上蚤时迁也。"甚至将时迁最后死于绞肠痧，视为偷吃大公鸡的报应。

而对于《水浒传》中那场被称颂为"农民起义领袖们劫富济贫、除暴安良的正义行为"的农民起义，余喜华更是客观而决绝地予以了否定："梁山的每次攻城劫寨，都放任滥杀无辜，致大量平民流血，百姓遭殃，社会秩序遭到破坏，社会财富遭受重大损失。梁山的大多数战争，谈不上正义性。"

关于这部书，余喜华在"后记"中写道："仅一家之言，就人物评人物，缺乏深刻思想性和批判性"。但事实上，正是在这部书里，作者站在民间的立场上，驱除了意识形态的蒙蔽，构建了一个全新的历史。而这样的立场，就是人性的立场。它体现了一名写作者的思考、担当、情怀和价值取向。

在"城市烟火味"中绽放"理想的火花"

两年前，一次聚餐时，周勇说正在写一部长篇小说，要求笔者等书出版后，必须写一篇书评。众所周知，在国内写书评，往往掺杂人情成分，文友间能直截了当提这种要求的，说明情谊非同一般，再加上一个"必须"，更足见"铁"之程度了。而周勇与笔者的关系，就是如此。

如今，时隔两年，周勇的长篇小说《被风吹乱了的城市》出版了，他没有忘记对笔者的"要求"，第一时间寄来了这部书。笔者自然也信守承诺，充分利用工作之外的时间，见缝插针地阅读完了他花三年时间艰辛完成的"成果"，真诚而坦率地写下了一些颇具个人化的感悟：

周勇的这部新作，讲述了三位外地来的白领——报社资深编辑成名、旅行社经理王一、艺院附中教师章亮在杭州闯荡的故事，重点描绘了他们每个人的情感生活，更准确地说是聚焦了他们——成名与实习记者采芹、王一与超级女生王婧、章亮与美院毕业生柳眉的婚外恋情。

初读这部小说，让笔者有种熟悉感和亲切感，这主要源于：早在 15 年前，笔者写过一部长篇小说《城市蚂蚁》，与这部新作里的人物身份相同，都是外地打工者；主人公的数量相同，都是三个男青年；取材相同，都是生存处境和情感历程；故事的发生地相同：都在杭州。

当然，我们所持的文学理念和创作手法迥然不同。这也致使两部小说的故事走向背道而驰——笔者长篇小说中的三个人物最终均以悲剧收场；而周勇的这部长篇小说里，三个人物最后都有了喜剧性的结局——成名与采芹如愿以偿、王一重新回归家庭、章亮与妻子破镜重圆。

除此，这部小说的其他人物，也都有着完美归宿。王一妻子惠英和章亮妻子桂萍不必再说，均重新"俘虏"她们丈夫的"春心"；馨月与成名离婚后，与老同学许仙喜结良缘；与章亮分手的柳眉，收获了同事兼同学的美好爱情；只有问王一借了 10 万元钱的王婧，结局成谜。

也就是说，周勇小说里的所有人物，"当风吹来的时候"在这座城"有人在拥抱，有人在告别，有人在赶路，有人在停留，有人在畅饮，有人在烦恼……"但在情感上经历过一番迷失后，均做到了"哪怕是被风吹乱了头发，也迎着风推开了那一扇扇等着他或者她回家的门……"

为什么会出现这番景象？笔者认为，那是作者"理想化写作"的结果。这正如他自己在这部长篇小说的"后记"里所说的一样："我的小说坚持了一种理想化效果，我有意淡化了生活的本色，给我的人物涂抹上理想，所以笔下人物既有实的现实背景，又有'虚'的理想情境。"

由于坚守这种"理想主义"的创作理念，这部作品虽然描述的是三个平凡打工者在杭州这座城市的日常的"生活现象"，可一旦这些"生活现象"进入作者的"创作文本"之后，"生活的意义"便被其语词"尽量消解"，"生活的是非善恶"也就处于了"临界状态和本真境界"。

换一种说法，就是作者怀揣理想主义，用一种诗意化笔调，让那些"理想的火花"，在"城市烟火味"中不断绽放，使读者通过了解三位主人公"琐碎了细微、敏感与奋争、痛苦与无奈、成功与失败"的经历，体味到了"生存的原味与意义"。这也正是这部小说充满魅力之处。

然而，要做到这点并非易事，这与周勇的生长环境、阅历、个性密切相关。他的老家在湖南凤凰古城，那是一方诗意栖居之地，曾孕育了文学家沈从文。从小受环境熏陶，他自带浪漫主义情调；后身处"象牙塔"数十年，具有了人文主义色彩。两者结合，酿出了这部"理想之果"。

当然，任何一部作品都不可能无瑕，这部小说也不例外。笔者经过思索，觉得存在如下不足：一、三位主人公的命运处理得略显雷同，如：均发生了婚外恋和最后拥有了美满婚姻；二、戏剧性上还可以进一步加强。不过，瑕不掩瑜。指出这些，只是对周勇的创作提出了更高要求。

用"文学"叙写"美丽乡愁"

《天堂流过一条河》、《乐在骑中》、《吴斌:中国最美司机》、《高速卫士吴连表》、《烈火中的青春》、《中国快递桐庐帮》、《以美铸魂》、《"两山"之路:"美丽中国"的浙江样本》……这是一串长篇报告文学的书名。其实,这个名单还可以列得更长。而它们的著者,是同一个作者,就是浙江作家孙侃。

笔者跟孙侃老师认识十多年,虽然谈不上知根知底,但熟知他的整个写作历程,他起步于诗歌创作;随后从事文学评论,穿插着写一些小说随笔;专注于长篇报告文学写作,是最近几年的事情,他以井喷式的超强势头,短短几年一连出版了二三十部作品,极速地奠定了其在长篇报告文学界的地位。

这部最新出版的《杭城忆昔:档案里的杭州故事》(以下简称《杭城忆昔》),只是作者孙侃创作的众多报告文学中的一部。不过,在笔者看来,将其称之为报告文学,似乎"狭窄"了它的体裁。准确地说,它汇集了报告文学、民间故事、文史研究和散文随笔等多种体裁,是一部纪实类"文学综合体"。

《杭城忆昔》一书共 15 章,分别写了 15 个"点",有"站"、"巷"、"池"、"桥"、"寺"、"店"、"厂",甚至"事件"和"案件"。在"点"的选取上,看似没规律可循,实则颇具代表性——每一个"点",既代表了杭城的某一种"旧影",又分别代表了这座城市的某部分历史,可谓形式多样、丰富多彩。

而对于每个"点"的处理,作者既有纵向叙述,也有横向描绘,纵横交叉,构成了较大的"历史面",从而向读者呈现了杭城大面积的历史;

涉及到某个"点"的撰写，既用治学的态度进行严谨地研究，又用文学的手法进行生动地描绘，使理性与感性相互融合，让这些"点"油然变得真实而鲜活。

特别值得一提的是，这部书最大的特色，是作者将"个人往事"融入每个"点"中，让"小我"与"大众"进行有机结合，即等于让"主观描绘"与"客观叙述"相映衬，构建出了一段又一段关于杭城的"旧影"，使全书增加了作者的亲历感，还有隐形的互动性，焕发出有别于其他史书的异样光彩。

我们夸赞某位作者时，往往喜欢用"文字功底非常扎实"。但这句评语用在孙侃老师的身上，显然过于单薄，因为他"扎实"的不光是"文字功底"，更是"文学功底"。这两者的差异在于：前者只需"具有强的语言组织能力和逻辑思维能力"，后者则在前者的基础上还须"在艺术方面达到较高境界"。

感谢作者孙侃借助于杭州市档案局（馆）卷帙浩繁的"故纸堆"，为我们提供了这部用扎实的"文学功底"激情叙写的书籍。通过它，让我们了解了"杭州历史的某些角角落落"和"杭州当代发展的方方面面"，感受了这座有着"2000年的历史发展，极其丰厚的人文历史底蕴"的文化名城的"美丽乡愁"。

关乎民生的另类 "健康读本"

众所周知，"减肥瘦身"已成为当前中国最为热门的话题之一，"永不停更"的瘦身打卡、遍地开花的健身会所、琳琅满目的减肥商品几乎占据了我们生活的角角落落，"对抗脂肪"俨然是我们最需要严阵以待的"战争"。与此相呼应，"减肥妙招"、"瘦身秘籍"之类的"葵花宝典"汗牛充栋，挤满了我们的阅读空间。

应该说，陈博君的《脂肪战争》也是在这样的背景下应运而生的。但跟那些"葵花宝典"不同，它既不直观地指导你"瘦身"，也没有手把手教你"减肥"，却以"河北邯郸一位 18 岁女孩的减肥故事"开篇，从"春秋战国时期'楚王好细腰，宫中多饿死'"说起，向我们娓娓道出了一场延续数千年的"脂肪战争"……

从第一章的"古老的风尚"、"脂肪到底是什么"、"超级慢性疾病"、"败走麦城的'苗条素'"，到第二章的"缺乏耐心的战斗"、"移除脂肪"、"在胃部动刀"、"可怕的厌食症"，作者利用两章共八节的篇幅，以宏阔的视野全景式地呈现了人类研究脂肪的整体脉络，并较为完整地梳理出了人类对抗脂肪的历史。

其中，不乏令人瞠目结舌的真实事例。例如：英国男子戴夫·墨菲体重曾达 127 千克，健康状况岌岌可危，接触到尿疗法后，整整 30 天不吃饭不喝水，只喝自己的尿液，结果瘦到 76 千克；又如，法国人贝贡尼发明了一种电击减肥法，用微量电流刺激人体胃壁神经，减缓肠胃蠕动并延长饱腹感，降低食欲。

当然，作者运用大量篇幅叙述这些"治标不治本"的"减肥瘦身法"，显然不是写作此书的目的，他是希望以此告诫我们"肥胖"对于"健康"

的危害性，引导我们理解"体重管理"的重要意义，了解并掌握"体重管理"的科学方法。于是接下去的六个章节里，他通过剖析经典的样本，揭秘了体重管理企业的运作模式。

如果说，读完此书的前八章，让我们领略了作者的渊博学识和写作才华。那么，最后的两个章节，让我们充分感受到了作者的创新思维和前瞻视野。这使得此书摆脱了乏味单调的说教模式，变得生动活泼、实用有效。自然，这得益于作者陈博君在财经写作方面的多年操练，他曾出版过《宗庆后为什么能》等颇具影响的书籍。

更为难为可贵的是，还远远不止这些。特别是最后一章，作者把"减肥瘦身"这类私人话题，纳入到了"健康中国"这个公共议题中，并将其摆上"国家战略"的层面来进行研究与思考，把"脂肪问题"视作了"既是关乎个人健康的重大问题，也是关乎社会经济负担的社会问题和经济问题"，无限地拓展了此书的主题。

据悉，近些年我国肥胖人口迅猛增加，有30%的成年人超重，6～17岁的学龄儿童超重率达9.6%。伴随着肥胖人口急剧增长的态势，已成为威胁人们生命健康的重要因素之一。处在这样的境地里，如何让国民打赢这场"脂肪战"，无疑是"关乎民生、涉及民祉"的。于此，作者陈博君推出这部书，意义也就变得非常显著。

让 "金石招牌" 焕发百年光华

西泠印社，是一个响当当的名字，它是金石篆刻界的金字招牌，也是艺术界人士心目中的高地。关于它的佳话，自它创立至今的一百多年里，从不间断地演绎着。然而，那只是一些碎片，宛如一粒粒散珠，尽管晶莹剔透，却未能穿成串，使得这家 "天下第一名社"，显得如梦似烟般朦胧，让世人无法真切地了解它。

事实上，要想全面而精彩地展现这家百年名社，对每一位作者都是一种巨大的挑战，它既要求作者拥有深厚的文学功底，还必须在金石篆刻艺术上有一定造诣。如果只具备前者，可能会写出一部精彩的长篇故事，但在艺术力量的传达上，必定会打一定的折扣；如果只具备后者，我们读到的可能会是一部枯燥的艺术论著。

于是，在 2013 年底，笔者的一位文学知友——集作家、艺评家、篆刻家于一身的博君兄，以敢于啃 "硬骨头" 的精神，担负起了这个重任。当笔者替他捏一把汗时，他却如是说："我选择写这部书，出发点是想挑战有难度的作品，我觉得自己有这个能力完成这项任务，尽管我付出的可能会比写其他作品多得多。"

博君兄能如此成竹在胸，与他的自身条件密不可分。他自幼爱好美术，读中学时受教于西泠印社篆刻名家叶一苇，踏上了篆刻之路；2011年，通过层层选拔加盟《美术报》创办的陈振濂书法名家工作室，进修过两年。近年，创作了百余方独具风格的篆刻作品，并在《书法报》、《美术报》等报刊发表理论文章数十篇。

当然，光凭这些，还不足以 "啃" 下那块 "硬骨头"。他还有一个身份，就是颇具才华的作家，已出版过《商战不倒翁》、《花花草草的七情六欲》、《最草根生活》、《平凡的坚守》等各类文学作品20余部，特别是在报告文学创作领域，成就斐然、硕果累累。这使得他有足够的信心和资本承担起书写"西泠印社"的重任。

现在，当笔者捧读这部《百年印潮涌西泠》时，心底里对博君兄由衷地叹服。这部长篇纪实文学，总字数20多万字，共分33个章节，历经了他两年多的时间，深入采访写作而成。博君兄凭藉自己的文学才情、艺术造诣和锲而不舍的毅力，终于不折不扣地将当初的那张"蓝图"，变成了眼前这份沉甸甸的"果实"。

难能可贵的是，这部《百年印潮涌西泠》，不仅仅填补了西泠印社百年来"珠"不成"串"的遗憾，还以文学的笔法全景式地再现了这家中国研究金石篆刻最负盛名的民间学术团体创立、发展、壮大的整个过程，让我们无不领略了其百年来跌宕起伏、波澜壮阔的漫长历程以及充满着独特魅力的艺术力量和精神体系。

正因为"无比翔实的史实基础"、"专业精湛的艺术解读"、"充满场景感的文学叙述"三者在这部著作里交相辉映，让其焕发出了独特的光彩，《书法导报》的一位编辑从其他渠道获悉，主动跟作者博君兄联系，在索看了部分篇章后，立马决定连载，而当时离书稿全部完成尚有三分之一的篇幅，这也足见其魅力所在了。

以“生活之小”表达“磅礴之心”

在收到散文集《你往哪里去》之前，于博客上零星读过闫文盛的一些文字。它们的体裁介入散文诗与散文中间，篇幅简短，但颇有力度，让笔者不由联想到鲁迅先生的《野草》。惟不同的是，鲁迅先生的那些篇什是由心向外的呐喊，而闫文盛的这些文字则是由外向内的低语。这些“低语”，现在形成了一篇叫《主观书》的散文，被收录于这本散文集中。

闫文盛这次出版的散文集《你往哪里去》，共16万余字，由28篇散文组成。这些篇什中，除了体量占五分之一的《主观书》，其他的全景式地描述了他走上社会后的方方面面——就业、辞职、漂泊、应聘、打工、结婚、租房、购房、装修、育儿……从某种程度上而言，它不啻于作者“琐碎的自传”，更是作者向读者敞开的一扇“心门”。

在《应聘记》中，作者写道：“前前后后，我走过的六七个单位，最后不是我把工作弄丢了，就是主导工作的人把我开掉了。但是，因为我的自尊，更多时候，我会把握冲突的程度，在事情激化之前就提出辞职。”由此，他无奈地感叹：“后来我可以明白为什么人们会以出卖自身的方式达到目标，女子出卖色相，弱者出卖自尊，推根溯源，都是为了生存。”

在《购房记》里，由于他“蜗居在单位的那几年里，随时可能出现的被扫地出门的窘迫”，便开始长达九年的租房生涯。但在此期间，又不得不“带着自己谨小慎微的理想、简单的洗刷用具、被褥、渐渐增多的书籍，出现在一个接一个的陌生区域”。最终，他硬着头皮购了房，于是“租房时代终将结束了，房奴时代隆重登场。”

……

从这些记录了人生动荡的散文中，我们无不了解到“在人与人之间的相处中，我向来缺乏智慧"的作者"在生活中所受的许多磨折"。同时，也让我们深切感受到"在我迄今的岁月里，我曾经多次感受到存在的压迫，所谓民以食为天，直到今天，都是多么坚硬的现实"中的他"那些隐约的、越界的情感"，甚至于"那始终挥之不去的存在的痛感"。

　　然而，难能可贵的是，尽管面对人生的挫折，"出身贫瘠农家，我哪里见过黄金"的作者，虽然偶尔也会"看着窗外，内心里充满着对自我的否定"，而且"常常迷惑着想找到更准确的答案，但结果仍与解救无涉"，可最终还是"静静地坐在这里，山林沉睡，我在等着它醒来。"这种对前途充满憧憬的希翼和永不言败的精神力量，无不感染和激励着每位读者。

　　散文集《你往哪里去》，按作者自己的话说，是"禀性自私，内心狂傲"的他"自身的敏感和软弱性与强悍坚硬的外界进行碰撞"之后留下的"无数擦痕"，它们描述的不仅是他的"日常时光"，更是敦促他"逐步走向自己'命运'纵深的一些大大小小的见证"。

　　笔者认为，闫文盛的这部散文集，从小的方面而言，确实书写了他"内心的善、诚挚、恐惧和恶念"，并对"昨日之我"、"此刻之我"和"未来之我"的探讨；但从大的方面来说，反映了我们这个时代有着类似经历的人群的心路历程，同时也对"昨日之社会"、"此刻之社会"和"未来之社会"提出了探讨。他以"生活之小"，表达了"磅礴之心"。

一个小说探索者的"足印"

跟杜法认识已久，在我一贯的记忆中，凡是在活动现场，他总是孤言寡语，但到了私聚时刻，他就异常活跃，经常猛侃小说理论。不过，请不要误会，他不是一位评论家，而是一个小说家。而且，据我对他的了解，他对文学评论，似乎从未涉及过。为此，我曾戏称他为"空口评论家"。

但不得不认可的是，他对小说的理解，确有独到之处。只是，最近十多年间，我一直醉心于外国文学，虽跟他认识多年，只读过他的一篇小说。而作为一个有浓厚理论情结的小说家，他的那篇题名《驾驶》的小说，表面上在写对车辆的驾驶细节以及注意事项，实则上借此告诉每位小说创作者，该如何去驾驭一篇小说的创作。

事隔十年，我已忘却那篇小说的细枝末节，但作者留给我的最直观印象，即他是一个有探索精神的小说家。而这种印象，通过阅读他最近出版的小说集，于短短的几天时间内，在我的脑海里越来越清晰而鲜明，犹如一个被揭开谜底的谜面。这部小说集叫《扮演自己》，按杜法自己的话说，是他写小说迄今最精华的部分。

小说集的开篇《九香》，写一条河流中漂来一张竹筏，上面坐着一个叫九香的女人，以及竹篓里女人的一个叫来剐的私生子。随即作者对女人的身世，预设了各种不同的可能性，使故事变得扑朔迷离，但结局却殊途同归——来剐溺水而死，九香因此而发疯。这个小说，作者除了对"真相"进行探讨的同时，展现了其对小说结构的探索。

《寻找小丹》中，"小丹"这个名字，先是一位女教师的姓名，后她因怀疑被曾老四或老校工凌辱而消失，便成了最受曾老四宠爱的金鱼的称谓。金鱼小丹丢失后，曾老四到处寻找而不得，仇恨地杀害了邻家男孩阿明。最终，曾老四被判极刑。但意外的是，临行前捐献的眼角膜，用到了女教师小丹身上。这个结局使故事显得耐人寻味：曾老四在现实中痴迷于那条金鱼，但在精神层面上，却一直在寻找女教师。如此一来，作者赋予了"寻找"双重含义，也使小说具有了荒诞化的意味。

《棒槌街上的秦嫂》一共19回，但12回结束后，突然出现了一番"题外话"，说"北京时间2003年3月20日10点35分，美国发动了对伊拉克的战争"，"中断了我正在进行的写作"。就算到此刻我写这篇书评时，都无法弄清作者插入这么一回，跟"棒槌街上的秦嫂"这个寡妇有什么关系，也不明白作者如此安排到底意欲何为？但我相信，他一定有自己的道理。

读了这本《扮演自己》，我不敢说杜法具有了多深的思想，但足以断言他是一个有自己想法的小说家。这次结集的28篇小说，尽管谈不上篇篇别出心裁，但每篇都根据题材的不同，运用了各异的形式和手法。如果把他视为小说领域的一个孜孜不倦的探索者，那么这些小说无疑就是他努力行走所遗留的一个又一个的足印。虽然它们还没形成完整的道路，甚至看上去有些凌乱，但已记录了作者因探索而存在的价值。

当然，观纵杜法的这批小说，还存在不少问题，诸如：叙述过于稠密，容易产生阅读疲倦；部分小说结构失衡，使故事虎头蛇尾；戏剧性普通太弱，缺乏悦读效果。这些也许是作者太注重于探索而造成的后遗症。但相信随着他的探索的循序渐进，这些问题最终都将会迎刃而解，到时呈现在我们面前的，必定会是小说盛宴中的"美味佳肴"。

对中华民族文化精神的新观照

在我一贯的印象中，大凡学术著作，犹如旧时的教书先生，总是扳着一张冷脸，正襟危坐在那里，摆出一副正儿八经的样子，感觉让人难以接近，更毋要说去亲近了。所以，在收到吕洪年先生的《万物之灵》之前，我暗忖它应该就是那一类的作品。然而，在认真拜读之后，我颇感意外地发现，根本不是那么一回事。吕老先生的这部著作，作为民俗学方面的研究文章，固然有它的"正经相"，比如：第一章"绪论"和第二十二章"结论"，那绝对是两篇深奥的学术论文。但其余的二十章，也就是正文部分，显然换了一副"新面庞"，变得生动活泼。

中国有句俗语，叫"文如其人"。《万物之灵》这两种风格的有机融合，应该说比较契合吕老先生的个性。我跟吕老先生相识十年，从刚开始的点头之交，到最近一年的密集交往，他留给我的最直观的印象，也是"正经"与"活泼"的互融。我每次遇见他，他总穿着红夹克、戴着墨镜，中气十足，看不出已逾耄耋之年。坐在台上，他挺直腰板，不苟言笑，不左顾右盼，轮到他发言，声音响亮，思维清晰，逻辑性强；到了台下，他跟你谈笑风生，聊嗨了，就兴高采烈，宛如一个老顽童。这正如他这部著作中"绪论"、"结论"与"正文"之间的风格差异。

综观《万物之灵》，我们不难发现，其借鉴《山海经》的纲目编撰体例，将书中提到的"神物崇拜"按类别划分为"自然"、"动物"、"植物"、"图腾"、"器物"、"躯体"、"生殖"等9大门类，细分为涉及"天地"、"日月"、"野兽"、"鳞介"、"服器"、"纹样"等22部类，考辨出处、解读变迁历史，并分析对当代中国人的文化想象和观念产生的影响。这部著作是吕老先生长期在浙江大学（原杭州大学）从事写作学讲授、辅导、批评和讲评的同时，耗费 40 年漫长光阴，呈现给读者的一部集"民俗学"、"社会学"、"哲学"于一体的复数领域的最新研究硕果。

特别需要强调的是，在这部著作中，吕老先生将"文献"、"考古"和"口碑"三者结合，互相穿插，形成了一种与其他学术著作迥然不同、颇具特色的研究风格。提起"口碑"，就是老百姓口耳相传的，按一般学者看来，难登大雅之堂。但吕老先生不这样认为，他说："实际上，文献也好考古资料也好，离开了老百姓的口耳相传，就不可能有新的突破，不过是书本到书本。"也正因为他把"口碑"引入了与"考古"、"文献"并列研究的范围，等于将"民间文学"带入了"象牙塔"，同时也把"学术研究"带出了"象牙塔"，使得这部著作既高大上又接地气。

当然，吕老先生写这部著作的目的应该不仅于此。作为 20 世纪 70 年代末，在浙江省高校率先开设民间文学和民俗学课；1982 年正式出版教材《民间文学论文集》，为中国民间文艺学和民俗学的复苏与振兴开了先河，被中国民俗学泰斗钟敬文誉为"民俗学在浙江的种子"的他，更多的是希望借助于详解 108 种神物崇拜、剖析神灵崇拜文化的根源和原始信仰的来历，来宣扬人类的早期文明，破除各种迷信，启迪读者珍惜历史。而从更高的层面上而言，他还想对中华民族文化精神进行一次新的观照和理解，以有助于我们对中华民族灵魂的重新发现与铸造。

"三个阶段"也等于"三个阶层"

前段时间，王成才先生在微信上联系我，告知将出版人生第一部美术作品集，想让我写个序。收到邀约，颇感惶恐。大凡书画作品集，请业内大咖写序是正常态，但请我一个"局外人"，显得有些不同寻常。随后，经过交流，才略明其意。原来，按王成才先生的意思，倘若请"局内高人"写序，免不了落入窠臼，他希望能"破陈出新"。我呢，虽没从事书画艺术创作，但有着多年在书画艺术领域从业经历，近年又在写"另类解读大师"系列。特别是后者，他认为被我解读过的大师，"能让读者看到一个与自己印象中不一样的大师形象"，觉得我可能会比一些"局内高人"看得更清、讲得更透。既然王成才先生如此抬爱，再推托似乎显得有些矫情且不近人情，于是斗胆应承了下来。

应该说，我与王成才先生认识又不认识，说是认识，网上已交往了七年，说是不认识，未曾见过面；我对王成才先生不了解又了解，说是不了解，之前不清楚他从事过什么职业，说是了解，对他发于朋友圈的每幅作品都仔细观摩。而前几天从王成才先生发来的资料中得悉，他2015年参加中央美院郭怡琮教授的中国画创作研究班，由此走上以花鸟画为主攻方向的创作旅程。根据这个时间节点，我俩在网上结识那年，正是他从事国画创作的第三年。如果说，起初的两年只是练基本功，那么之后七年的创作历程，我通过他的朋友圈，算是较为完整地见证了。

按照我个人的观感，针对王成才先生花鸟画创作的发展过程，认为以其作品特征进行划分，可以分为三个阶段：第一阶段为"行书式"，虽然带有明显写意性质，但不失工笔的精细描绘；第二阶段为"行草式"，注重于写形，追求形神兼备；第三阶段为"草书式"，呈现出一种元气淋漓的气质，并渐趋于出神入化。为何我用三种不同的书体来对应王成才先生作品特征的三个阶段？一方面，那三个阶段所呈现的作品特征，确实与那三种书体的面貌颇为契合；另一方面，通过对王成才先生从艺经历的了解，发现他在从事国画创作前的近三十年里，几乎把所有业余时间都用在了书法创作上，按他的话说是"闲暇临未停，惜时摹字形，一刻不曾歇，点画蕴真情。"从而使得其花鸟作品带有"以书入画"的鲜明特色。

王成才先生涉足国画领域可谓较晚，52岁才开启创作之旅。由于之前长年"醉心书画印"，工作之余，"读帖、临帖、读书成了生活中的大事"，还拜过山东书坛名家张弩先生为师，并花三年时间在山东大学《传统文化与书法》研究生班深造。书画同源，这一切无疑为他从事国画创作打下了坚实基础，难怪他刚接触花鸟画，即"第一阶段"，就能做到笔法简练、构图清新、线条遒劲，作品呈现出传统的笔墨底蕴，予人以清新、亲切的格调。进入"第二阶段"后，或许因其先后于秦少甫新写意花鸟画高研班和荣宝斋画院邢少臣花鸟画创作高研班学习，对国画的理解和体味渐深，便着力于体现墨与色的融合、意与形的交汇，作品在体现清雅素净之格调的同时，流露出悠然的笔意，意境豁然变得清远。等到了"第三阶段"，用笔开始豪放甚至于狂放，不再拘泥于物象的具体形态，墨味淋漓酣畅，展现了写意与抽象互为一体的视觉盛宴。

尽管我读过王成才先生自撰的小传《艺路同行》，见其中有一首小诗"心不负艺常自勉，分秒必争耕砚田，浮生回眸谁知己，笔墨相惜伴灯前。"充分反映了他在艺术道路上的坚守和付出。但鉴于在国画方面，没有与他有过深入交流，终究无法探知他的创作理念。不过，纵观他国画创作的三个阶段，不难想见他对于艺术的孜孜不倦地探索和追求。确实，从"行书式"到"行草式"再到"草书式"，表面上只是三种艺术风格的演变，实际上在技法上是一个从"简"到"繁"再到"简"、从"无"到"有"再到"无"、从"形似"到"形神兼备"再到"神似"的发展；在思想上是一个从"技法无我"到"破法有我"再到"创法忘我"的演进。所以，无论是创作技法还是思想境界，都在层层递进、步步高升，与其说是"三个阶段",不如说是"三个阶层"。

坦白地说,我与王成才先生认识时间不短,因为平时极少交流,甚至于几乎不怎么交流,对他的了解更多停留在作品上面,但偶尔与他在微信上的三言两语,还是能让我深切感受到他的真实与诚意。特别是这次,读了他的小传《艺路同行》,尤其领略到了他那种谦逊而不傲慢、聪慧而不狂妄、博学而不吹嘘、多才而不张扬的品质,这其实也是决定一位艺术家能在艺术道路上走多远的关键因素。目前,他通过"岁增嗜学伴书眠,新梦斑斓付笔端",已达到"人言苦心天不负,佳音频传报家山"。接下来的岁月里,相信只要他坚持"喜艺、爱艺、珍艺、乐艺,与艺相伴,与艺共舞",必定能在造化与艺术之间寻求到一种独特的艺术语言,让"自己的书画艺术之花慢慢盛开,香弥人间!"

在序的最后,我要感谢王成才先生对我的信任,让我这位"局外人"为他的首部美术作品大集作序;也要敬请"局内高人"们包涵和体谅,因自己并非专业人士,涉及书画艺术方面的评述,免不了存在"胡言乱语"之处。

是为序。

《人间失格》的"经典的影子"

太宰治，本名津岛修治，日本小说家，与川端康成、三岛由纪夫并称"战后文学的巅峰人物"。他从学生时代开始创作，体裁涉及小说、杂文、戏剧等，1935年凭借短篇小说《逆行》入围第一届芥川奖；第二次世界大战后，创作了短篇小说《维荣的妻子》和中篇小说《斜阳》《人间失格》等，被视为其小说代表作。他一生中有过5次自杀，最终于1948年跳玉川上水而亡，时年39岁，留下遗作《人间失格》。

2024年初，笔者花了一周时间，断断续续阅读了《人间失格》，感觉跟鲁迅先生的《阿Q正传》颇为相似，两者皆系中篇小说，塑造的主人公均为异类——叶藏和阿Q，描绘的都是其在社会上的遭遇，结局也几近相同——前者服安眠药自杀，后者被判刑枪决。由于那本收录《人间失格》的同名小说集封底印着鲁迅先生对太宰治的评语："精神的洁癖，让像太宰治一样的人容不得半点的伤害，他活在自己的世界里，卑微而自由。他想要打破什么，却又没有方向。他的痛苦在于他用心看着漆黑的世界。"一度以为鲁迅先生创作《阿Q正传》受了太宰治《人间失格》的影响。

然而，查询两篇小说的发表时间，发现《阿Q正传》（1921）比《人间失格》（1948）早了27年，而且还查询到太宰治于"1944年12月20日，为调查鲁迅于仙台的事迹，赴仙台"，并于"1945年2月，完成鲁迅传记《惜别》，朝日新闻社发行"，足见比鲁迅先生（1881-1936）小28岁的太宰治（1909-1948）还是鲁迅先生的"粉丝"，由此推断出太宰治在《惜别》发行后的第三年，也就是他投水自尽前所创作的《人间失格》，极有可能受到了鲁迅先生作品的影响，借鉴了《阿Q正传》的一些创作手法。

　　关于创作中的"借鉴"，一贯被视为对优秀作品的"继承与创新"。古希腊先贤曾提出："文学起源于摹仿"，我国也有"他山之石，可以攻玉"一说。古往今来，诸多文学大师都在模仿中创新，在借鉴中超越，创作了不朽之作。譬如，鲁迅的《狂人日记》，在体裁、形式和表现方法上，无不受到果戈理同名小说的影响；但在思想和主旨上，与果戈理的同名小说存在着本质的差异，对当时社会制度的揭露和鞭挞上更加犀利、深刻、有力，是一篇彻底的反封建的"宣言"，在中国现代文学史和中国现代文化史上都具有跨时代的意义。

　　应该说，《人间失格》明显留着《阿Q正传》的"影子"，尽管谈不上对后者的超越，但两者反映的思想和主旨迥然不同，后者通过阿Q身上的"精神胜利法"揭露了"中国的民族劣根性"，并批判了"辛亥革命的不彻底性"；前者则通过叶藏"充满了可耻的一生"，表现了"日本社会与现代人精神与感官世界的双重萎靡"。可以这么说，《阿Q正传》是一篇通过阿Q这个人物由内在向外界不断拓展的作品，而《人间失格》则是一篇停驻于叶藏这个人物内在的作品；也就是说，后者把重心放到了对人物所处时代的观照上，前者则更加专注于对人物精神层面的剖析。

　　于此，也体现了两位作者不同的写作立场和风格——鲁迅先生的作品更多的是希望对那个时代进行干预，他的作品始终关注着"病态社会"里知识分子和农民的精神"病苦"，通过展现所处时代的弊端，引发对社会问题的关注和"治疗"，因而被视为"伟大的文学家、伟大的思想家、伟大的革命家"；太宰治的作品基本上都是他的自我告白，其文学的整体走向和脉络，就是"从对现实生活的恐惧，到生而为人的虚无感负罪感，因抓不到生活的意义而堕落颓废，终至死亡"，从而成为日本"无赖派"文学（通过描写颓废坠落的国民生活来追求思想的解放，抵制当时的社会思潮）代表作家。

《我弥留之际》之"技术壮举"

由李文俊先生翻译的美国作家威廉·福克纳长篇小说《我弥留之际》购买迄今已逾十年，期间阅读的次数肯定不少于五回，但前几回基本上都不到"半途"而"废"。究其原因，小说通过频繁切换不同人物的视角、时间和空间的转换，让人感觉眼花缭乱，由此制造了阅读障碍。最近这回，笔者以"啃硬骨头"的精神，对照着正文前的人物表，静下心来研读，陆陆续续花费了近两个月时间，终于攻克了这个"难关"。

应该说，这部长篇小说的故事并不复杂，讲述了美国南方一位小学教员出身的艾迪·本德伦在弥留之际的情景以及其离世后她的丈夫安斯·本德伦率全家将其遗体运回家乡安葬的历程；揭示的主题也不高深，尽管评论家各抒己见，有的认为：写出了一群活生生的"丑陋的美国人"，也有的认为：写了一群人的一次"奥德赛"，但按作者自己的话说：《我弥留之际》一书中的本德伦一家，也是和自己的命运极力搏斗的。

真正造成阅读难度的，是作者运用了多视角叙述方法。《我弥留之际》一共59章，其中58章由34个人物中的15人以每人一章或多章通过自叙组成。而这15人中，绝大多数无论年龄、身份、地位，还是个性、修养、智商，都各不相同。这些形形色色的人物，以"内心独白"的方式，讲述自己的所见所闻所想所感，呈现出生活中微小和日常的事物，在缓慢推进故事情节的过程中，不断构建着叙述方面的"迷宫"。

当然，这种多视角第一人称叙述方法，带来的益处是显而易见的——它不仅继承了传统第一人称叙述的主观性和真实感，又克服了单一的第一人称叙述带来的视域限制，可以让读者更全面地了解故事的发展，更真切地感受到不同人物的观点和情感，同时还起到了增加作品层次感和丰富度、扩展其张力和内涵、提升艺术价值的作用。于此，《我弥留之际》被众多评论家认为是代表福克纳最高创作成就的作品之一。

更值得一提的是，《我弥留之际》这部小说，对作者的写作能力，无疑是一次巨大的考验。该文通过 15 个人物，以"我"的视角，用"内心独白"的方式，交互穿插连贯叙述了 58 章（其它一章以第三人称叙述）。且不说其内涵如何，单就小说的语言和心理描写，就得呈现出至少 15 种不同的"面貌"——因为每一个不同的人物，都有其独特的心理特征和语言风格，这需要作者在创作时转换 15 种以上的角色。

对此，后人称：对福克纳而言，写作《我弥留之际》是一次冒险的"技术壮举"。可笔者认为，光光说是"技术壮举"，似乎并不妥。更恰切地说，那是一次对其无比熟谙故土生活的证明。据说，福克纳几乎一辈子都没真正离开过家乡，从《沙多里斯》开始，始终怀着一种复杂的感受描绘着那片"邮票般大小的故土"，构建了一个庞大的艺术世界——约克纳帕塔法世系，而《我弥留之际》便为其中的重要部分。

《老实人》的阅读落差及时代意义

　　我们在阅读世界名著的时候，往往会出现这样的情景：一部被公认为经典的小说，读罢掩卷沉思感觉不过尔尔。此类情况，在笔者的阅读历程中，可以说并不罕见——有的可能是认知的局限，有的可能是欣赏的差异，还有的可能由于小说时代的变迁。譬如，笔者前段时间阅读的伏尔泰的小说《老实人》，就归属于最后一类的典型案例。

　　应该说，笔者在阅读《老实人》之前，其声誉早已如雷贯耳。然而，读完之后，并没有收获想象中的那种"惊喜"，反而感觉与预期的落差较大。确实，《老实人》讲述的故事，在笔者读过的小说中，可谓屡见不鲜，无非讲了主人公甘迪德（男爵妹妹的私生子），因爱上表妹（男爵女儿），被男爵逐出家门，从此踏上惊险奇特的旅途的故事。

　　不过，整个小说写得荒诞不经，并不失幽默而风趣，具有一定的可读性，至少不至于味同嚼蜡。可是在主人公的那次漫长旅途中，尽管作者用紧凑的节奏，安排了大量形形色色的天灾人祸，让他去亲历、见证、思索、成长，由此摒弃盲目乐观主义，变得中庸实际。但这一切，在笔者看来，似乎并不高明，很难与那类"经典佳作"挂起钩来。

　　那么，是《老实人》"诞生"后的历代评论者对它的评价产生了偏差，还是笔者的认知有局限或者欣赏存在差异？细想之后，窃以为均不归属于上述因素，问题出在时代的变迁上。事实上，《老实人》是 18 世纪 50 年代的产物，而笔者所处的是 21 世纪 20 年代，这中间已整整相距了二个半世纪，以如今的目光去回望往昔，难免会显得陈旧落后。

　　其实，不光是《老实人》，在阅读其他世界名著时，也时常会出现这种心理落差，特别是创作时代久远的作品，无论文本创新度，还是故事新

鲜感，甚至于思想先进性，总会随着时光流逝而打些折扣。这如同19世纪中期发明的碳化竹丝灯，终究无法跟二十世纪末改良的白光LED灯相媲美，但并不影响它在推动人类文明进步方面所作的贡献。

而纵观18世纪中期的法国，贵族和教会占据着统治地位，普通民众生活在贫困和压迫之中。当时推行的蒙昧主义，更是残酷迫害思想进步者。在那种时代背景下，作者在《老实人》中虚构了一个理想社会，还让主人公认识到"地球满目疮痍，到处是灾祸"，并在结尾喊出"要紧的还是种我们的田地"，无异于"肩住黑暗的闸门，在铁屋中呐喊"。

难怪乎，《老实人》的作者伏尔泰，作为新思想的传播者，被称为"十八世纪法国资产阶级启蒙运动的泰斗"，并被后人誉为"法兰西思想之王""法兰西最优秀的诗人""欧洲的良心"等。而这部创作于1759年的哲理性讽刺小说，则被公认为是"伏尔泰在反对专制主义和封建特权，追求自由平等和资产阶级君主立宪制的斗争中创作的不朽作品"。

《城堡》的自传色彩与预言性

创作于 1922 年 1 月至 9 月的《城堡》，是卡夫卡的最后一部长篇小说，当时离他去世还剩两年时间，也是他的一部未完成的作品。按照他写在一张纸条上的遗嘱要求，它本该被焚毁的。但好友马克斯？布罗德"违背"了他的遗愿，不仅没有焚毁，还整理出来（连同其他短篇小说和长篇小说），并于 1926 年出版，使之被后人视作"20 世纪最重要的现代主义小说之一"，它所描述的"城堡"，与他的另一部小说《变形记》中的"甲虫"一起，成为了不朽的象征。

《城堡》讲述了主人公 K，经过长途跋涉，终于在深夜抵达城堡管辖下的一个村落。他为了获取进入城堡的许可，冒充土地测量员，进村找了一个客栈住宿，并与形形色色的人周旋，包括勾引城堡官员的情妇、找村长、给学校当员工等，可是费尽周折，累得精疲力竭，始终进不了近在咫尺的城堡……小说到此戛然而止，由于没有完稿，据有关资料称，预计的结局是：K 弥留之际，接到了城堡当局的传谕，允许他在村中工作与居住。

作为一部现代主义小说，《城堡》给读者的感觉"迷宫似的令人晕头转向"，一贯来被认为是卡夫卡众多小说中最难读懂的一部。关于小说中的"城堡"，到底象征什么？历来也是众说纷纭，目前至少存在三种解读：一说是昭示着现代人类对一个从不存在的上帝的诉求的失败；二说是描写了普通人与行政当局之间的对立；三说是某种抽象理想的象征，譬如"象征艺术理想的所在"，进入城堡的努力象征了人对美好事物的追寻，如同"每一位艺术家都渴望心中的圣地，但无论怎样呕心沥血终将难以抵达。"

其实，只要对卡夫卡的作品有所了解，便可知"全部意义在于问题的提出而非答案的获得"。《城堡》作为其代表作之一，显然也不例外。小说中的"城堡"，象征着上述三种解读中的哪一种？我们自然无法定论。不过，倘若让笔者选择，希望是最后一种。这不仅缘于笔者作为写作者，对此有着感同身受；更为重要的是，可以让"小说中的主人公K寻求进入城堡的路途"与"作者卡夫卡一生追求文学的道路"产生高度的吻合，使这部小说的寓意变得更加深远。

可不是吗？回顾卡夫卡的一生，我们不难发现，他自幼爱好文学，18岁进入大学攻读的就有文学，20岁开始创作《一场斗争的描写》第一稿，25岁在《希佩里昂》杂志上发表处女作，直到临死前三个月，病情恶化的情况下，还完成了《女歌手约瑟菲妮》。可以这么说，他穷其一生，都在孜孜不倦地写作。如果把"小说中的K"与"现实中的卡夫卡"角色互换，再分别将小说"已完成部分"与"预计的结局"、卡夫卡"在世时"与"离世后"作为分界，"小说已完成部分中的K"岂不代表着"在世时的卡夫卡"？

此外，生前默默无闻的卡夫卡，离世后没多久，由其好友马克斯·布罗德整理出版了他的作品，并取得了较大的成功，他的价值逐渐为人们所认识，并在世界范围内形成了一股"卡夫卡"热，为了纪念他，1983年发现的小行星3412，还以"卡夫卡"命名。由此可见，"小说预计的结局中的K"又何尝不是"离世后的卡夫卡"？难怪有评论家称："卡夫卡是个自传色彩很强的作家，几乎每一部作品都是在写他自己，表现他自己的内心世界。"

不过，笔者认为，《城堡》除了具有浓厚的象征意味、强烈的自传色彩，还展现出了惊人的预言性：一方面，作者在小说"预计的结局"中，借"K被允许在村中工作与居住"，准确地预见了自己身后在文学上取得的巨大成功；另一方面，作者在小说中通过描写K的困境，预见了现当代人的困境，特别是现当代艺术家的困境，这正如法国存在主义作家西蒙娜·德·波伏娃所说的："其他作家给我们讲的都是遥远的故事，卡夫卡给我们讲的却是我们自己的故事。"好在，他在小说"预计的结局"中预留了"光明"，这多少给予了我们一份突破困境的希望和勇气。

《河的第三条岸》的"开放性"

在世界文坛没有多少影响力的巴西作家若昂？吉马朗埃斯？罗萨，著有一部在国内小说界几乎无人不知的小说《河的第三条岸》。在笔者练笔迄今的三十余年里，曾在数十部世界经典小说选本里偶遇过这部小说，也数十次听不同小说家在不同场合谈论过这部小说。可以这么说，在当前国内的小说家中，特别是在新生代和70后小说家群体里，这部小说无不被奉为"圭臬"。

《河的第三条岸》作为一部短篇小说，篇幅不长，按汉字计算，不足3500字；讲述的故事也是一目了然——一位本分的父亲，订购了一条"用含羞草木特制"的"供一个人使用"的结实小船。送来的那天，他告别家人，去了一条离家不远的大河，终日在那里漂荡……儿子暗地里设法为他送去食物，家人们千方百计希望他重回家庭，但他始终不理不睬。最后，已白发染鬓的儿子，隔岸向他呼唤，让他回来，愿意自己替代他。可当父亲真的靠近岸边时，儿子却落荒而逃，并因极度恐惧而病倒。从此，父亲再也不见踪影。而担心自己活不久的儿子，寻思死后要让别人装在一只小船里，在河上迷失，沉入河底……

众所周知，大凡传统小说，其创作大都处于一种封闭的系统之内，即运用六种叙事基本元素纵横交织，以线性因果链条的结构方式，构成一个立体的封闭系统。然而，《河的第三条岸》显然有些不同，尽管它并未打乱故事情节发展次序，并同样具备叙事基本元素中的"时间""地点""人物""经过"等几种，但"起因""结果"呈现得没有那么"完整"。譬如，针对小说中的"父亲"，始终没交代：他为什么要去漂荡？为什么不肯回家？为什么会突然接受儿子召他回归的提议？而对于"儿子"，也只字未提：他为什么对父亲出走会感到有罪过？为什么后来想去替代父亲在河上漂荡？为什么在父亲接受提议后临时变卦？到小说结尾时，又为什么寻思：死后要装进一只小船，在河上迷失，沉入河底？

由于"起因""结果"等叙事基本元素的"缺失"，使《河的第三条岸》这部小说的创作体系，极大地打破了传统小说的那种封闭性，从而无论在情节方面还是在人物方面，均具备了开创性——首先在"细节描写"中，意义的指向不再那么明朗和确定，处处显得含蓄、模糊和朦胧，给读者留下了诸多想象的空间；其次在"结局"上，传统的小说创作只有一个结局，并且往往会按照作者设定好的方向进行结尾，但这部小说的结局，作者没有给出明确的方向，而且很难说清楚是多个还是根本没有结局；再次在"塑造人物形象"时，它跳出了传统的人物性格单一的模式，趋向于多元的性格发展模式。

正因为此，对于这部小说的解读格局，由"一元"（封闭性）转变为了"多元"（开放性）：有的认为"这部小说通过父亲和儿子的故事，探讨了个人追求精神自由与家庭责任之间的矛盾和冲突，同时也表达了对于理想生活的向往和对现实束缚的反抗。"也有的认为"拉丁美洲社会中有大量缺少父亲的单亲妈妈家庭，这部小说反映了这种有趣的文化现象。"还有的认为"小说中的父亲可能在年轻时背叛或辜负过他的父亲，所以数十年后选择自我放逐到河上来获得救赎。"甚至有的认为"这部小说讲述是人体内非人意识的觉醒，是从文明社会的人类身上拔下层层束缚，重新寻找赤身裸体的背离道德的自由的过程。"可谓不一而足。

那么，这无数个"答案"，到底哪个是正确的？基于资料的欠缺，我们无从了解作者与此相关的阐述，纵然有过，也未必就是标准答案。因为一部作品问世之后，对于它的解释权，已不再属于作者本人，而是属于广大读者，即便作者有权解释，读者可以接受也可以不接受。特别像《河的第三条岸》，作为一部开放性的小说，它到底想表达什么？这并非一道单项选择题，而是一道多项选择题，读者完全可根据自身知识、技能、态度和信念的不同，作出符合自己需求的主观的答案。这或许就是《河的第三条岸》这类小说的魅力所在，也是它们被众多小说创作者推崇和深受广大读者迷恋的原因所在吧！

第二辑　让灵魂在指间开花

《小径分岔的花园》的 "中国元素"

作为阿根廷作家博尔赫斯的小说代表作，也是其小说在中国最为读者熟知的《小径分岔的花园》，几乎汇集了他的小说中诸多共同的元素："梦""迷宫""图书馆""虚构的作家和作品""宗教""神祇""时间""空间""侦探""玄学"等，后人评定这部小说为：作者在其中将"模糊真实时间和虚构空间界限的本领"发挥到了极致，最大程度地反映了"世界的混沌性和文学的非现实感"，给读者"建造了一个谁都走不出来的迷宫"。不过，在笔者看来，这部小说最为鲜明的特征是充满了"中国元素"。

这部创作于 20 世纪 40 年代初的短篇小说，背景设在第一次世界大战的欧洲，主要讲述了：在英国为德国当间谍的青岛大学前英语教师余准博士，在同伴被捕、自己被追杀的情况下，躲入汉学家斯蒂芬？艾伯特博士的小径分岔的花园。而当艾伯特与他正热烈地谈论关于迷宫与时空的哲学时，他却把艾伯特枪杀了。随后，余准被追杀的人逮捕。最终，他的上司——柏林的头头，通过这个事件，轰炸了那个应该攻击的城市——艾伯特。而被判处绞刑的余准，则感到了无限悔恨和厌倦。

显而易见，这部小说的主人公"余准博士"是"中国人"，主要人物"斯蒂芬？艾伯特博士"是"汉学家"；故事发生地"小径分岔的花园"是"中式花园"，其中的"凉亭""乐声""灯笼""《永乐大典》逸卷""青铜凤凰""红瓷花瓶""方格薄纸""蝇头小楷""章回手稿"等，均为"中国产物"；"我"（余准）与艾伯特谈论的内容——"云南总督彭？""明虚斋""比《红楼梦》人物更多的小说""一支军队""玄学""棋"等，以及其中"关于时间与空间的思考"，无不涉猎中国的人、事、物。

其实，不光在小说的"硬件"（表面）上，在"软件"（内在）方面同样充满了"中国元素"。譬如，余准进入"小径分岔的花园"后，模糊了"真实时间"和"虚构空间"的界限，使他怀疑自己是否"真实存在"或"虚幻存在"。这在"庄周梦蝶"的故事中，跟庄子所经历的"梦境"一样，并无明确的边界或标志，很难判断处于睡眠还是清醒状态；又如，余准正在与艾伯特友好交谈时突然扣下手枪扳机杀死艾伯特，此行为也印证了《易经》所阐述的"天地万物都处在永不停息的发展之中"。这不得不说，这部小说带着明显的"'庄周梦蝶'般的虚幻意味"与"《易经》中形而上学的思想"。

当然，这样的"关联"，并非牵强附会。博尔赫斯虽没到过中国，但对中国传统文化颇为着迷。他主编过西班牙文《聊斋志异选》、与人合编的《幻想文学作品选》中收录了《红楼梦》与《庄子》选段、曾撰写评论盛赞《红楼梦》为"中国文学史上最著名的小说"、为西班牙语版《易经》作序、将《诗经》中的部分作品翻译成西班牙语。除此，还创作了以中国为题材的诗歌《漆手杖》《长城和书》、散文《时间新话》《皇宫的预言》、小说《女海盗金寡妇》《小径分岔的花园》。更有意思的是，他还在纽约唐人街购买过一根"中国制造"的漆手杖，一直带在身边，多次表示有机会要拄着它前往中国游历。

于此，阿根廷马德普拉塔国立大学历史系教授梅赛德斯?朱弗雷认为："博尔赫斯的创作受到中国传统文化的影响是毋庸置疑的。"他甚至断言：《小径分叉的花园》的世界观和情节设置明显受到了《易经》和《红楼梦》的影响。与他的观点不谋而合，也有不少评论家如此评价博尔赫斯的作品"常常蕴含中国哲学和道家思想，具有东方哲学的灵动、淡泊与神秘"。确实，倘如没有对中国传统文化这般着迷，博尔赫斯也不可能创作出这部集"中国元素"之大成的经典之作。可以这么说，《小径分叉的花园》就是博尔赫斯对"中国情感"的"投射"。

《墙》的"存在主义哲学的萌芽"

《墙》是萨特创作的一部短篇小说，它与作者其他的三部短篇小说《卧室》《艾罗斯特拉特》《闺房秘事》和一部中篇小说《一个企业主的童年》结集，于 1939 年 2 月首次以《墙》为小说集名出版。而事实上，这部短篇小说的实际创作时间，至少在首次出版的一年零五个月之前——首次发表在 1937 年 7 月的《新法兰西评论》上，比萨特的代表作——中篇小说《恶心》的出版时间 1938 年还早，因而被视为作者发表的第一部小说，也算是他文学生涯的正式开端。

据说，这部"通过描绘内战时期西班牙囚犯的故事，探讨了人的存在、自由与责任等哲学问题"的短篇小说一经发表，便在当时的法国文学界引起了广泛的好评，比萨特年长 36 岁被他盛誉为"不可替代的榜样"的年近古稀的文学家纪德曾毫无保留地称赞道："这是一部杰作，很久没有读到这样使人高兴的作品了……当可寄大希望于作者。"后来，这部短篇小说被认为是萨特"哲学式文学创作"的起点，融入了其"存在主义哲学"以及极力宣扬的"介入"思想。

由于《墙》与"高深"的哲学"扯"上了关系，不了解的读者难免会以为这是一部艰涩难懂的作品。其实，它颇具"悦读"效果。这部短篇小说主要讲述了西班牙内战期间，共和党人巴布洛与汤姆、胡安被长枪党徒判处死刑，在处于死亡临界状态时，汤姆勉强支撑着、胡安已吓得神经错乱，而巴布洛虽表现得克制有度，但内心不免恐惧，只是尚能无畏地面对死亡。在小说最后，巴布洛想以假供戏弄对方，却意外地害了战友，而自己因此获释，颇具荒诞性。

对于这部短篇小说，表面上似乎看不出有明显的"哲学痕迹"，但细究之下，不无充塞着"哲学意味"。譬如，小说以"墙"为题，无不蕴含着"禁锢（牢房）、界限（生与死）、隔阂（三名囚犯之间的关系）"之意，从"有形"与"无形"两种层面上均对主题有着充分的体现。当然，作者如此而为，与其身份密切相关。因为在发表《墙》之前，萨特更为倾心的是"哲学"，而非"文学"。包括后来，他一直以"哲学家"与"文学家"的双重身份展现于世人面前。

不过，有人称《墙》为"存在主义文学的重要代表作之一"，理由是其通过对巴布洛在牢房里等候处决时的心理描写，说明"对死亡的恐惧是生与死之间的一堵墙，只要克服这种恐惧，就能获得生的自由。"从而认为与"存在主义"所倡导的"以人为中心、尊重人的个性和自由"相一致。对此，笔者不敢苟同。虽然在这部短篇小说中确实隐含着这层"意思"，但更多反映的是作者的"介入"思想，这正如萨特自己所言："那是对西班牙战争的本能的情感反映。"

可不容置疑的是，无论"存在主义"与"介入"思想在《墙》中各占据了多少，都不影响作者通过这部短篇小说开启实践"文学创作"表达"哲学思想"的途径，以致于之后创作了更多"文学"与"哲学"完美结合的作品，诸如：中篇小说《恶心》、长篇《自由之路》和剧作《苍蝇》《禁闭》《魔鬼与上帝》等，与其主要哲学著作《存在与虚无》《辩证理性批判》《存在主义是一种人道主义》等，使之成为"20世纪世界思想发展史上一个里程碑式的首要人物"。

而这部短篇小说，尽管萨特在创作它的时候，其存在主义哲学思想尚在酝酿之中，它并不像《恶心》那样"充满了人物哲理性的感受与思考"，萨特在多年后接受采访时也表示："这不是一部哲学家的作品"。但鉴于其以标题"墙"为切入点，借助"墙"的多重形象及其隐喻意义，揭示了作者在这些"墙"背后所蕴藏的"某些模糊的存在主义思想"，即关于"选择""他人""荒诞"等哲学主题的思考，往往被认为是萨特文学作品中的"存在主义的萌芽之作"。

《大师与玛格丽特》的 "缺席的主人公"

　　笔者从 1991 年练笔至今的三十多年里，因前二十多年主攻小说创作，阅读过大量中外小说名篇，而《大师和玛格丽特》，算是最不同寻常的一部。俄国作家布尔加科夫的这部长篇小说，其不同寻常之处体现在多个方面：断裂式的结构、离奇的情节、奔放的想象力、缺席的主人公。特别是最后者，这在其它小说中，显然是无法见到的。

　　确实，大凡 "正常" 的小说，主人公都是从头贯穿到尾，是全文出现次数最多、占据篇幅最大的人物。这部小说却明显不同，主人公在第十三章才 "姗姗来迟"，而整部小说一共才三十二章加一个尾声。要不是作者特地以 "主人公现身" 作为该章标题，似乎没有读者会将其视为主人公。而且，这个主人公无名无姓，只有一个称谓 "大师"。

　　更为奇特的是，就算主人公好不容易 "现身"，在后面的章节中，也极为难得一见。他自第十三章现过身，到第二十四章才再次现身，其间整整相隔了十章。随即，又消失得无影无踪，等到第三次现身，已在第三十章，又相隔了整整五章。之后，他还算 "恪守职责"，终于 "坚持" 到了结尾，不过，作者花在他身上的 "笔墨" 依然不多。

　　在一部长篇小说中，出现这般 "名不符实" 的主人公，是作者不熟稔小说创作技巧？答案无疑是否定的。其实，布尔加科夫在 1928 年底开始写《大师和玛格丽特》（原名《魔怪的故事》）之前，已是一名卓有成就的戏剧家，还创作发表了不少小说，其中包括：中篇小说《魔障》《不祥之蛋》《狗心》和长篇小说《白卫军》等代表性作品。

　　那么，为何将主人公处理得如此 "神龙不见首"？这应该与作者所处的环境有关。只要了解一下布尔加科夫的经历，我们不难发现：他从 1920

年起，由于创作方面的原因，开始受到公开批评，之后的人生几乎都在批判中度过。期间，他曾一度失业，濒临绝境时，写信向斯大林求助，才得以在莫斯科艺术剧院谋得"助理导演"一职。

身处这样的逆境中，选择在现实中"逃避"，分明是一种必然的心态。布尔加科夫，自然也不例外。据相关资料记载，他在住处被搜查、日记及小说原稿被没收、多次受到当局传讯、剧本屡次被禁演、文学作品被禁止发表后，分别于1929年、1931年、1934年数度提出与妻子一道出国或出国旅游的申请，均遭到了苏联政府的拒绝。

在现实中"逃避"不成，作为一名"不论处境何等困难，都应忠于自己的原则"的作家，布尔加科夫只好把这种"愿望"投射到正在倾注全力、反复修改、精心构筑的压卷之作的主人公身上——"请问尊姓？""我再也没有姓氏了，"奇怪的客人的回答里含着悲愤和轻蔑，"我放弃了生活中的一切，也同样放弃了自己的姓氏。忘掉它吧。"

作者不仅让主人公放弃了自己的姓氏，还让他通过博物馆发给自己的公债券中了奖，得到了十万卢布，买了许多书，租了阿尔巴特大街一条小胡同的一个小花园的一座小楼的两间底层——半地下室（可见"逃避"之深），辞去博物馆的工作，开始在那里创作有关丢？彼拉多的小说。后来，主人公还将那个时期视为自己的"黄金时代"。

然而，即便作者让主人公放弃姓氏、隐居遁世，极少安排他"出场"，也不忽视其"身份"——"您是作家？""我是大师！"对于他的那部小说，虽被出版社退稿，在报纸附页节选发表后，使自己被"打击"到"心理病变"，最终只得将它烧毁，可其影响力被描述已渗透到文中"三界"。这从侧面反映了作者对自身地位和作品价值的认定。

事实上也是。在世时"不受待见"的布尔加科夫，去世五天后，被苏联著名作家法捷耶夫赞誉为："一个惊人的天才"。他的这部写了十多年的小说，生前曾遭大量删节并一度被禁，1966年末重新出版后，受到了数代读者的高度好评。他就是《大师和玛格丽特》中的"大师"，处于一个荒诞的时代，尽管被严重"缺席"，但其影响广泛而深远。

第三辑
行走于思想的道上

行走的写作者

　　"让自己的文章在网站上发表自然不是我的最终目标，我的作品的最终归宿是一些公开发行的纯文学刊物或报纸的副刊上。"

　　　　　　　　　　　　　　　　　　　　——卢江良

　　寒月："最后没有考上大学你是怎么想的？"

　　卢江良："我当时比较幼稚地想，能成为作家的话比上大学更风光，这样考虑的，因为当时可能想法比较幼稚，一厢情愿地认为只要写就可以成为作家，到后来才发现成为作家还要很多机遇，很多因素构成能不能成为作家。"

　　寒月："你最初写作的目的是什么？"

　　卢江良："最初写作的目的是改变命运，因为一个人像我还稍有点野心。我不希望像和我差不多的人——那种高中学历的，去当油漆工啊，搞装修，我希望跟他们走不一样的道路。"

　　寒月："在外面打工遭遇很多，这其中哪一件事让你觉得不愉快？"

　　卢江良："我在广州商店做时，人家有个老板也是开店的，她就觉得你很可笑，你戴着眼镜做这种活，这个人肯定很没出息，她认为你很无能，体质这么弱的人还做这样的活，肯定没用。"

　　寒月："那你怎么理解尊严？"

　　卢江良："尊严，我觉得每个人生活在这个社会里，首先你们要平等地看待他，不管你做高官，哪怕有地位，每个人都有尊严。不能处在这个环境里，处在比较艰难的时候，因为工作不是很好，就瞧不起你，怎么说呢，人都在发展的。"

"在写下这部小说集的第一篇作品前，我就将'凭着良知孤独写作，关注人性、关注命运、关注社会最底层'作为写作基点，并且这些年一直严格地遵循着。"

——卢江良

卢江良："首先我生活在底层，而且从我的经历上，包括家庭条件，都是处于最底层，到后来我去外面打工，始终是最底层的。我在这个过程中，有很多挫折磨难，使我很同情这个群体。这个群体很无奈，他们是弱势群体。我希望通过我的笔为他们做些事。因为当时写没有考虑到这样的问题，但到某个程度时你的文章必须要承载某些东西，这时你就很自觉地考虑这样的问题。"

寒月："写的越多，想的问题也越来越多，思考也就越来越深，是不是特别痛苦？"

卢江良："谈不上痛苦，应该是快乐。那肯定是快乐了，因为你能够把你思想的东西，酿成一种文字，让人家读者知道你的思考，那肯定是很快乐的事情。"

寒月："那思考的过程是快乐的还是思考的结果是快乐的？"

卢江良："应该说思考整个过程包括结果都是快乐的。就好像是你做很喜欢做的一件事情，那做的过程中肯定是快乐的，如果你觉得它痛苦的时候，那就做不下去了，做出来了那肯定也快乐的，很喜欢做的事情你做好了那肯定是很快乐的事情。"

寒月："你的作品主要反映的是什么？"

卢江良："应该是反映底层人群的无奈、挣扎，包括他们那种生存的处境。"

寒月："我看过你的作品当中经常出现狗，狗有什么寓意吗？"

卢江良："我比较喜欢狗，但我不一定把狗写得很好，可能丑化了。狗这个动物有很深寓意，哈巴狗，就有很深的意义……狼狗它很凶狠，它代表了某一类人的性格，狗是很好的道具。"

第三辑　行走于思想的道上

寒月："一般情况下你写作的灵感来自哪儿？"

卢江良："灵感这个东西应该说是比较神秘的东西，首先灵感是要在一定的基础，是写到某种程度时才会有的，不是说每个人都有的，要在某种根基上才会产生灵感，灵感说到底就是一种悟性，一种意念。"

"在我的认识里，写作如同行走，具有各种不同的方式。2000 年前的我其实只是在'拉磨似的绕圈'，尽管我拉得那么卖力，但实质上始终在原地踏步。后来我选择了一种'跋涉式的远行'。那种'行走'，在行进过程中难免遇到坎坷和挫折，使行进速度显得异常缓慢，从路程本身来说可能不及'绕圈'的一半，但它应该离文学的殿堂更近些。"

——卢江良

寒月："你从什么时候起感觉自己的作品像样了？"

卢江良："应该是从 2000 年下半年。一开始写小小说应该已经有样子了，但因为它的容量比较小，到 2000 年下半年的时候，写了一篇《要杀人的乐天》，这篇文章开始是与前面的分水岭，那篇小说后来发表在《中国作家》上面，这篇以后我觉得每一篇小说我都用自己的心灵去写，承载了我心灵的东西。"

寒月："那这是怎样的一个蜕变过程？"

卢江良："我 2000 下半年的时候整理了一下以前写过的文章，我感到很不满意，写得好的寥寥无几。在这个情况下我就考虑，怎么写出每篇东西都能有一定的分量，以后回头来看它还是有价值的。这个时候就觉得写作不能追求数量，因为当时我也写了很多散文，包括微型小说也写了很多。我把以前文章整理的时候我就发现这个问题了。后来我在每一篇文章构思的时候就很慎重，我应该赋予它什么东西，应该怎么把它做得很精致，不要认为我又多写了一篇东西，应该想到我又写了一个我心灵的东西。"

寒月："你选择了文学这条道路来走，无疑充满了艰辛，有迷茫的时候吗？"

卢江良："一开始写的时候会意识到，文学这条路肯定是会很艰难的，可能那觉得我走得下去的。但很多时候写的过程中，也发生过这样的事情，我感觉很迷茫，觉得这条路我走不下去了，想放弃了，这种情况很多的。但那时候你要坚持。某一天给你一种启发，能够让你走下去。我有一个记忆很深刻的梦，那是我最迷茫的时候，我当时写了很多东西发不了，对文学这条路差不多没有信心的时候，我做了一个梦：山脚下有一个城堡，走上这个山峰要通过这个城堡，我就在城堡里绕圈，绕来绕去始终找不到通向山上的那个门，正当我返身准备下山的时候——回去的时候，我发现这个门就在我绕圈的旁边，后来我就通过那个门上去了。当然这不是迷信，这个梦让我联想到当时的处境，我觉得我可能正在绕圈，门其实已经在旁边了，如果坚持一下找到这个门就上去了，如果没有坚持那你永远都找不到这个门，永远都上不了山了。"

寒月："你迷茫的时候其实就是你等待迈步的时候？"

卢江良："对。应该这样说，很多写作者他放弃了，就是在这个过程中他放弃了，所以他永远走不到山上。坚持很重要，一般高中、十八九岁时很多人都写作，但到二十七八岁还在写，成为作家的几乎很少，为什么，因为他中间很迷茫，走不下去了，这样很多的。"

寒月："到目前发表了那么多作品，哪一篇是自己比较满意的？"

卢江良："只能说某一篇代表我的写作风格，没有一篇比较满意的。"

寒月："哪一篇代表了你的写作风格？"

卢江良："刚入选《2004年中国最具阅读价值短篇小说》的《谁打瘸了村支书家的狗？》，最能代表我风格的有两篇，还有一篇是《榕树下》获过大奖的《在街上奔走喊冤》，这两篇应该都很能代表我的风格。"

　　寒月："什么风格?"

　　卢江良："就是给人冲击力比较大，看了以后很多人心里有种震撼，有种这样的味道，批判性也比较强。"

　　寒月："从一个默默无闻的打工者，到现在成为有了一定知名度的作家，你觉不觉得自己成功了?"

　　卢江良："成功是比较遥远的事情，取得一定的成果这是可以说的，像我现在稍有点名气，也写了些东西，但离成功还很远，因为成功是没有界限的，而且，像我刚三十出头，以后的路比较远，要更高地去攀登，现在谈成功还早。"

　　寒月："你现在目标是什么?"

　　卢江良："作为一个写作者我要写出更好的、更高层次的那种作品，我不去想几年以后我要成为像哪一位名作家一样，这个我不去考虑的，我能考虑的是我能写出几个很厚重的，很能给人震撼的，也是源自我内心的这样的作品出来，比较大一点的作品出来。"

写作改变了我的命运

主持人：大家好！年轻帅气的作家卢江良今天下午做客《QQ 时报》主办的《QQ 论坛》访谈栏目，与广大网友们进行面对面的交流。欢迎大家踊跃发言提问。卢江良，和前来支持你的朋友们打个招呼吧！

卢江良：谢谢各位关注。

主持人：从 80 年代中期开始至今，寻根文学、先锋文学、新写实小说、女性文学等引领了中国当下的写作潮流。也有人按照创作者的年龄划分，比如您是七十年代写作。您对您这一代人的写作主流方向是怎么看待的？能具体地谈一谈吗？

卢江良：其实作为一个写作者，我不关注那种划分，我觉得那种划分毫无意义。

春秋二代：我看您的简历，说您是在中学毕业后开始参加工作，想问一下，您是怎么走上写作的道路的？

卢江良：因为热爱文学，并希望以文学改变命运，所以我选择了文学这条道路，我的简历当然属实了，呵呵。

拉　拉：卢兄你好，作为年龄相仿的朋友，我为你感到骄傲。

卢江良：谢谢拉拉。

依　依：那您怎么看网络文学泛滥的现象？

卢江良：网络文学泛滥，我觉得有好有不好，好的是可以给作者一个施展才华的机会，不好处是太不把文学当回事了。

主持人：车尔尼雪夫斯基曾说过："美是生活。"生活和艺术是紧密结合的。您在生活中一定也喜欢观察。那么您的小说中的角色都是以现实生活为模板吗？您个人有没有在小说中出现？为什么？

卢江良：有些角色以现实生活为模板，有些不是，纯粹虚构的。

QQ时报盗帅：看了您的简介，很佩服您的才华。有人说写作是快乐而痛苦的。那么小卢哥能向广大网友们谈谈您是什么时候走上文学的道路的吗？它对您重要吗？和您的家庭、生活、工作等有关系吗？为什么？

卢江良：我高三的时候开始练笔，写作对我很重要，至少它改变了我的命运。

主持人：能结合作品具体谈谈吗？

卢江良：比如在最近被拍成电影的《街上奔走喊冤》就以现实生活为模板的，而《无马之城》这样的则纯粹是虚构的。

依　依：现在很多人都在批判80后的人，不知道您又怎么看待80后的写手。是褒还是贬？

卢江良：80后作家有他们的可取性，不能一概否定，但现在还不到高度赞扬的时候，得有一个过程。

主持人：有人说：作家的小说是作家用心血炼出来的。您认为呢？

依　依：古往今来有许多文学理论家都作出过对于文学的性质问题的回答，不知道您会有什么样的回答？网络文学存在着一种什么样的文学性质呢？

卢江良：在我的认识里文学是心灵与现实碰撞的产物。网络文学如果发展得好，它比传统文学会更具有自由度，但发展得不好会成为一种游戏文字。

农作物：据说你还获得了绍兴市十大民间艺人称号，小说属于民间艺术吗？

卢江良：绍兴市十大民间艺人称号，小说属于民间艺术吗？这是人家评的，我只是被动接受。

真夏姑娘：在80后作家中，你对和你一样用写作改变了命运的桀骜韩寒有什么特别的看法吗？你认为他的作品和郭敬明相比，谁的更具有可看性？

卢江良：我看过几篇韩寒的短文，觉得他挺有想法的，也挺有才气，郭敬明的也看过一些，也具有才气，但我觉得他可能没韩寒有想法，对一个作家而言，想法很重要。

农作物：你生活在杭州，农村的生活背景对你的生活、你的写作有何重要意义？

卢江良：我的有些小说里有我自己的影子。

主持人：自古江南多才子。您是绍兴人，和鲁迅是同乡。能谈谈您心目中的这位伟大的作家吗？

卢江良：鲁迅是我最崇拜的中国作家。

QQ时报猪猪：您的文章被抄袭过吗？对待这种抄袭和侵权行为，您是怎么看待的？

卢江良：我的作品跟抄袭无关，我的每一篇作品都没有别人作品的影子，我觉得抄袭是一种可耻的行为。

QQ时报静儿：祝贺您的短篇小说《在街上奔走喊冤》和《狗小的自行车》改编成电视电影，在西安电视台和中央电视台播映。到时候我们一定观看。能和网友们简单地谈谈您创作这两篇小说的简单历程吗？

卢江良：两篇小说都是在经历了很多磨难后发表出来的，也是我自己比较看好的两篇小说，前者可以说是我的代表作，后者则为我赢来了一些名声。

农作物：你认为对这个时代的认识和你的写作有关系吗？你觉得自己的成名恰恰是时候还是迟到了或早到了？

卢江良：我不觉得现在成名了。

QQ时报盗帅：我看过采访您的文章《从打工仔到文坛明星》。您走到如今真的很不容易。9月份，是大学毕业生们就业的高峰期。您能就您个人的工作经历，给他们点建议吗？

卢江良：做自己想做的，你就会觉得愉快，但有时得先从不喜欢的事情做起。

QQ时报猪猪：您在文学创作的路途中一定有过许多的经历，那这些带给您真正的东西是什么？对于时下网络上的灌水文字，以及许多因抱怨社会而产生的种种怨言，形成了一种颓废的文学风气，那么您是怎么看待这个社会问题的？

卢江良：我的经历告诉我，做任何事情都得坚持！这是一种精神。我觉得抱怨社会没什么过错，它不代表颓废。

依　依：我们都知道您的两篇文章被拍成影视了，那是不是说你也走上文学演变成艺学这条道路了？

卢江良：我不这样认为，被拍成影视，只说明他们对我作品的认可，其他没什么能影响我的。

QQ时报猪猪：您是一个从不回避现实的作者，在您的笔下记录了许多真实，但是这些真实往往又是与阳光面背道而驰的黑暗面，那么您是将所见所思马上变为文字，还是在思想上有过一段时间的斗争？

卢江良：我的每篇小说都酝酿很长时间，我不是一位高产的作者。

QQ时报静儿：《都市快报》评价您是"从网络创作起家的作者"。您对网络文学是怎么看的？它有发展前景吗？为什么？

卢江良：这是他们的说法，在接触网络之前，我已经努力了很久。

QQ时报盗帅：你喜欢卡夫卡吗？现在的很多网络小说都受到了西方小说的影响。你的写作风格受谁的影响最大？为什么？

卢江良：我的小说受那些批判现实主义作家的作品影响多一些，但不排除我喜欢卡夫卡。

春秋二代：是的，以前网络并不普及，而且对网络这东西确实无法去简单地进行评价，还是应该感谢网络，要不，我们或许没有机会跟卢老师交流学习。

卢江良：我觉得在网络上发文有两个明显的好处：一平等，二能直接听到读者的声音。

农作物：卢老师，你是上班时间聊天吗？我偷偷聊呢。

卢江良：是的，正在上班，但我的工作跟文学有关。

QQ时报猪猪："凭着良知孤独写作，关注人性、关注命运、关注社会最底层。"这是您写作的出发点。能给大家具体谈谈其中的含义吗？

卢江良：因为我出身社会最底层，现在也处在社会最底层，只有反映这个群体的作品，才真正源自我的内心，文学作品需要本质上的真实，所以我选择这种方式写作。

拉　拉：有人评价你：卢江良很会讲故事，尤其擅长讲乡村里发生的故事。不知道这跟你本身是不是有很大的联系？

QQ时报猪猪：您的作品大多与自己之前的打工经历有关，那如果当初您考上了大学，过上了相对来说更幸福的生活，您的写作风格是不是也不一样了？或许少了之前的打工经历，您的写作特点没这么鲜明，也许今天的您将是不一样的吗？

卢江良：应该会迥然不同，文学作品我觉得跟作者的经历息息相关。

QQ时报猪猪：面对现在的这些成就，再回首过去的经历，您该庆幸自己有过那些经历，还是希望能时光倒回重新选择？

卢江良：我无悔现在的选择。

QQ时报盗帅：看您的照片，很多网友都认为您是一位很和蔼可亲的人，不知道您现实生活中是一个容易交往的人还是如一些作家一样比较自我？

卢江良：在现实生活中，我不说自己是写作的，没有人会认为我是一位作家。

农作物：卢老师您看电视吗？

卢江良：看，看新闻、演唱会，还有梦想中国和超女。朋友们提问了我没回答的问题可能是我没看到，可以再重新提问，谢谢。

ヤ綺羅の香：卢老师的人生经历非常丰富，相信这也为您提供了许多创作素材，很多80后的年轻作家本身没有复杂的经历，可是他们的作品却很受欢迎，您怎样看待这种现象？这种现象对文学的发展有何利弊？

卢江良：有时虚构的比现实生活更有趣，所以他们受欢迎。

拉　拉：七十年代的人有时由不得自己选择，卢兄是否有这样的感觉？

卢江良：每个年代都由不得自己选择。

主持人：您喜欢小说多些还是喜欢散文多些？为什么？我正在看您博客里的亲情散文系列。有读者说"还是喜欢看你的小说"。

卢江良：我在小说方面花的时间比散文上多得多。

春秋二代：我跟卢老师的经历相似，也是中学毕业后参军，我是今年春节前才开始学着写字的，我不知道卢老师可否给我些指点？

卢江良：指点不敢，有空多交流。

QQ时报盗帅：谈谈你的爱情，好吗？

卢江良：这个以后私聊吧，呵呵。

依　依：当代中国存在着一种病态审美趣味，不知道您是怎么看待的？杨显惠说，他对文学的理解是要高举批判的旗帜，文学的本质就是批判。不知道您会不会批判某个作家的文字！

卢江良：我对批判某个作家的文字没兴趣，对批判这个社会有兴趣。

农作物：忠厚之人啊。大家读书很多的，观点都能背了，祝贺。

QQ时报盗帅：这是《QQ论坛》的首页http://bbs.qq.com。您喜欢什么样的讨论氛围？为什么？

卢江良：我喜欢三四个文友聚在一起喝茶聊天谈文学。

QQ 时报猪猪：今天我们这样的讨论方式还习惯吗？

卢江良：今天的讨论方式，我有些来不及回答。

拉　　拉：我觉得这种讨论不如一边喝酒一边聊天，我是这么认为，不知道卢兄可喜欢那杯中的甘露？

QQ 时报猪猪：浙江通策房产集团主办的《中华少年文学网》招聘文学编辑，在那次需要本科生的应聘中，同时参加应聘的百人都被您给淘汰了，就这件事情，可以给我们谈谈，现在面对就业难关，是文凭重要还是能力重要呢？

卢江良：未进单位前文凭比能力重要，进了单位后能力比文凭重要。

春秋二代：卢老师，我爱好写作，因此我专门买了笔记本电脑，自己上的网，但是因为自己的工作性质，又不愿写一些好好好、是是是的文章，我对自己将来的路感觉不好把握，请教一下。

卢江良：为了生存工作时间可以写一些是是是好好好的文章，但时间之余可以写自己心灵的东西。

★伤心●泪★：卢先生，这样称呼你好吗？怕叫老师把你叫老了，从您个人的角度上来看，您认为您比较喜欢您的哪些文章？能给大家推荐一下吗？

卢江良：我比较喜欢自己的《在街上奔走喊冤》、《逃往天堂的孩子》。

丫綺羅の香：张柠曾撰文称："卢江良的小说语言简洁有力，叙事清晰，故事结构出人意料。更重要的是，他将目光指向了乡村，以及乡村无助的人的命运。他将当代农民生活的荒诞性，揭示得淋漓尽致……"那么您认为农民的生活是荒诞的吗？您觉得您笔下的农民生活全面吗？

卢江良：我觉得生活本身就是荒诞的，不光光是农民的生活。

春秋二代：卢老师已经经历了无法超越自己的阶段，但是他坚持下来了，是不是？

卢江良：谁告诉你的？

春秋二代：卢老师刚才已经说过的，您刚才说了最苦恼的是无法超越自己的时候，所以我认为你已经经历过了这个阶段，但是您靠自己的努力，坚持了下来，取得了成功。

卢江良：是的，但并不等于我已经永远无法超越自己了。

★伤心●泪★：在中国现在的文学文章上，很多人开始走向现实生活当中讲述身边事情。从文学论坛上来看是否今后将长期走下去？取缔武侠小说曾经留下的高潮？

卢江良：这个很难预测。

花山子民：为什么不去写剧本，是天然有抵触，觉得对写小说有伤害，或者潜意思觉得写剧本不比写小说来得正统？

卢江良：我觉得还不到时候，现在要做的是将小说写得再好些，再好些。

依　依："千里之行，始于足下"，是不是对你来说，这只是开始？不知道你未来会有什么样的写作计划？我们所期待的下一部会是什么样的作品或者说什么样的体裁？还会是小说么？

卢江良：我的目标是写出一些大气厚重让读者心灵震憾的小说。

ャ綺羅の香：在很多人心中，写作是一项神圣的事业，很多人想写却不成功，您能对广大文学青年谈谈写作初期有什么需要注意或有没有一些小窍门？

卢江良：写作一靠天赋二靠勤奋，很难说有什么窍门。

春秋二代：不知访谈结束后，能否单独跟您交流，您刚才说了最苦恼的是无法超越自己的时候。

振动论创始人：卢老师您好，我在江南梅的论坛上看到卢先生的哟。

春秋二代：我是在山东的青末了论坛，看到的。

QQ 时报猪猪：真的好快，猪猪中间有几次不知道是在做采访，还是讨论，还是什么了！太激烈了，初次参加这样的场合。很开心，期待卢老师您的新作！

春秋二代：猪猪说的是我们共同的心愿。

卢江良：谢谢各位。

主持人：小卢哥能给大家谈谈您即将有什么新的作品出现吗？

卢江良：最近没什么写，在积累。

★伤心●泪★：很多人都想写小说但无从下笔，在文学路上总要经过漫漫风雨。能不能结合一下自己的感受向广大文学爱好者说说如何写好一篇小说？

卢江良：只能多阅读多练笔多思考，特别是思考。

依　依：你会不会因为你喜欢的作家的写作风格而使自己的有所改变呢？

卢江良：我只能将其优秀的吸取进来加强自己的写作风格，不会轻易改变。

主持人：能说说您是怎么选择阅读视角的吗？在阅读的时候我感到有些视角虽说旁观，但很尖锐。

依　依：我总觉得你的文章里透露出"民族文学"问题。不知道你是怎么看的？

卢江良：青年作家是一种称号，如果它等同于青年木匠的话，我觉得我属于。

丫绮罗の香：您觉得《QQ时报》这个媒体怎么样？能简单说说吗？

卢江良：《QQ时报》的工作人员很热情。

QQ时报猪猪：欢迎大家常到《时报》做客，这个是《时报》的地址，可连接《QQ时报》。

主持人：其他朋友们还有什么问题要问小卢哥吗？如果大家没有问题了，那我们的访谈将结束。小卢哥也该休息或者上班了！

春秋二代：祝愿卢老师创作丰收！也祝咱们的访谈办得更好！

卢江良：因为回答得太仓促，有些问题回答得不到位，请各位谅解。

卢江良：再次谢谢大家的关注与祝福，祝《时报》越办越好！

主持人：最后我代表《QQ 时报》的主编以及所有的记者祝您身体健康！多关注《QQ 论坛》，多关注《QQ 时报》哦！谢谢您！访谈结束了！您辛苦了！

主持人：短短一个半小时的访谈时间很快就过去了。卢江良很多精彩的回答都还历历在目："文学改变命运"、"文学是心灵与现实碰撞的产物"、"写作一靠天赋二靠勤奋"……祝福小卢哥，祝福他在写作的道路上越走越远，祝福他的书更加畅销，祝福他在以此篇访问扣响《QQ 论坛》读者的心扉，在《QQ 论坛》这个更加广阔的天地里继续执着的追求、耕耘！为《QQ 论坛》再创辉煌！

怀着良知的孤独写作者

　　朱航军：五年前，你的短篇小说《要杀人的乐天》在三九文学网刊载后，即被《中国作家》编辑部相中，这是你第一次在全国性的大型纯文学刊物上发表作品。有了这良好的开端，你的好运仿佛接踵而至，同年，另一篇小说《在街上奔走喊冤》参加"榕树下"网站举办的"贝塔斯曼杯"第三届全球网络原创文学作品大赛，在上万篇的参赛作品中脱颖而出，受到了几位文坛大家的一致好评，在评审中获得了最高分，一举摘得了"优秀短篇小说奖"。可以这样说，若没有网络的推波助澜作用，你的成功也许不会没那么快地取得，甚而你的才华也会被埋没。当然，并不否定你在接触网络之前，所付出的努力与坚持。为此请简单谈谈网络文学与传统文学之间的异同处，利弊处，以及两者对你的影响。

　　卢江良：首先我认为写作不等同于买彩票，特别像我这样没地位和背景的作者，不存在好运与坏运之说，要在《中国作家》上发表文章，能在文学大赛中获奖，不是靠运气能决定的，关键看你的作品质量如何。其次，我承认网络对我的出名（不能用成功这个字眼，成功是一件遥远的事情），起到一定的作用，但不至于夸张到不借助网络便会被埋没的程度，在接触网络之前，我已在报刊发表了不少作品，在当地已具有一定的知名度。对于网络文学和传统文学之间的区别，对我而言没有本质的区别，因为我的网络文学基本等同于传统文学，只是网络文学比传统文学在传播的形式上显得活泼些。

　　朱航军：你的短篇《米大是一个贼》，给我阅读的感觉是它的荒诞性是可以用百字笑话概括的，也就是说它可能是一则笑话的放大，不排除有时的虚构比现实生活更有趣。那么你的小说素材来源是"耳闻目睹"多些，还是"身体力行"多些？

卢江良：如果说《米大是一个贼》中的荒诞性给你的感觉可以用百字笑话来概括，它可能是一则笑话的放大，那只能说明你完全忽视了该小说的内涵。荒诞性在该小说中的体现只是一种手段，其目的是对人性的拷问和对现实的批判。我的小说素材的来源自然"耳闻目睹"比"身体力行"多些，要不就不叫小说而叫纪实文学了。

朱航军：你的《谁打瘸了村支书家的狗》和《一座没有赌徒的村庄》，同在矛盾下，产生妥协与不妥协的最终结果。通过对你几篇小说的阅读，以及你的简介说明，不难发现你是从昔日打工仔变成如今的文字专业工作者的，这个经历的过程中定有不少矛盾与曲折处。是文学改变了你的命运，请谈谈你这个被改变的过程，另外，你是如何把握文学与现实生活中的妥协与不妥协的？

卢江良：这两篇小说的最终结果好像不是妥协与不妥协，而是全都妥协。在文学与现实生活中，我都在一定程度地妥协，这是现实决定的，它决定我的生活，也决定我的文学。但我承认文学改变了我的命运，但这种改变不表示我对现实的不妥协，而是在妥协过程中寻找到了一种出路。

朱航军：你的小说大多取材于乡村，也有少数以都市为背景的。我个人觉得你的都市小说没有你的乡村小说好看耐读，你是怎么看待的？请说说小说中的环境与你现实中的环境之间的联系，以及作用。

卢江良：我觉得自己的都市小说跟乡村小说一样好看耐读。我小说中的环境就是我现实中的环境，我的现实中的环境决定我小说中的环境。

朱航军："由于花城出版社迟迟不批书号，老那准备 1 月出版的设想破灭了，春节前肯定不成问题的诺言也成了空话。到了 2005 年 3 月 1 日，我在 QQ 上问出版情况，老那告月底一定行。3 月 9 日，我收到博奥文化的封面小样，书名竟然未经我同意，擅自改成了《狗小的自行车》。我断言拒绝。这不是说我不喜欢《狗小的自行车》这篇短篇小说，而是我觉得《在街上奔走喊冤》更能体现我的小说的风格。老那出面来做我的工作，他说这是出版社的要求，他们认为原来那个书名太敏感。他甚至说，社负责人建议他损失一点，放弃出版这本尖锐的书。我不清楚这是老那的推辞还是真有其事。不信老那吧，花城出版社旗下的《花城》杂志，此前因发表了一部中篇小说，确实出了点问题，在这方面难免会谨慎一点……"这是你在你的《出书难记》中的一些感受，那么，请结合"小说与社会的群治关系"谈谈你是如何看待小说标题，以及小说内容对社会的影响与作用的？

卢江良：我要求自己的小说集用《在街上奔走喊冤》，而不是《狗小的自行车》，这不光光是换一个标题那样简单的事情，我要求用《在街上奔走喊冤》做标题，其目的是告诉读者这篇小说是我这个阶段的代表作，从某种程度上而言也就是告诉读者我的创作理念和坚守的方向。

朱航军：强烈的现实感与批判性，人文精神烛照下的社会责任感和忧患意识，是你小说创作的一大特色。你觉得你小说的总体特点是什么，大多又靠什么取胜？

卢江良：我小说的总体特点是：批判、荒诞。我的小说靠其内在的力量取胜。

朱航军：浙江省作家协会也将你的长篇小说签约为"浙江现实主义文学精品工程"作品，而你的小说大多是尖锐表现出的现实种种，你认为什么是"现实主义小说"，又如何把小说打造成"现实主义文学精品"？

卢江良：这个问题很简单，关注现实的就是现实小说。至于如何把小说打造成精品，这里面有很多因素存在，一时难以说清，但要付出无穷的努力是肯定的。当然，我这里所说的"精品"并不等同于"浙江现实主义文学精品工程"中的那个"精品"，这是两个不同的概念。

朱航军：文学，注定不是绝对的大众化的。在创作过程中多少会受到一些限制，限制总是有的，这是难免的，没有了限制其实也是一种限制。若一切失去了限制，一切都将失去意义。再者，局限本就是一种助力。比如风是阻力，但没有风，鸟儿就不能飞翔。具体到文学创作，限制不是因素，这只能说明我们的创作智慧还有待提高，文学能提升的空间还是相当大的。那么，你的创作有无局限性，有无"边缘写作"倾向，有时会不会有一时失语的恐慌感？

卢江良：你要我回答的问题你已经回答了，每一个作者的创作都有局限性。以前我不认为有"边缘写作"的倾向，一直认为自己写的应该是"中心"，但现在我承认有了，因为由于现实的限制太多，让"中心"产生了位移，竟然也变成了"边缘"。

朱航军：一般长篇小说作品在报纸上连载，没有众多的悬念是不能吸引到人的。小说的成败在于悬念的设置。好的小说设下悬念让人不看下去不行，看得入瘾。有的小说很畅销，有的小说很枯燥，区别就是悬念的设置。一个小故事里要有悬念，一个小故事还可以有多个悬念。请谈谈你对"悬念的设置"的看法，并结合你的某篇小说内容说明一下你对悬念的把握。

卢江良：我觉得小说的成败不能简单地归功（过）于悬念的设置，如果照你这种说法，以悬念见长的推理小说都是成功的小说了？当然悬念对于一篇小说而言是重要的，他往往是吸引读者往后读的磁石。我在《在街上奔走喊冤》中未说破的"冤屈"就是一个悬念，它吸引着读者往下读，但最终小说没有写那个"冤屈"是怎么样的"冤屈"，让读者读完后仍沉浸在那个悬念中。

朱航军：在读罢你的《谁打瘸了村支书家的狗》，再读《在街上奔走喊冤》后，我发现一种叫"异曲同工"的东西，两者不过是同一水平线上另立的高度，其妙不必言。就构思与结局上看，像是同是"冤"结衰怒的兄弟篇，后者似乎是前者的另一种解构。这似乎又在间接告诉我们：一个小说事件的发展过程，在同一作家之手中所导致的结果在合理性上可以有N种可能性。那么，你在布局谋篇，顺理成章的过程中，内心有过一次甚而多次的辩驳与斗争吗？

卢江良：《谁打瘸了村支书家的狗》比《在街上奔走喊冤》后写，所以不存在一篇是另一篇解构的问题，而是两个完全独立的小说。至于作者写小说时在布局谋篇过程中，内心的辩驳与斗争肯定是存在的，这也导致一篇小说完稿后其结局可能跟未动笔前进行构思时完全不同。

朱航军：文学不是为评论家而创作的。但任何一篇小说的发表，作者都是强烈希望被社会各界关注的。这个被关注的结果难免会生出褒贬不一的评论性文字或片言只语。你是如何看待别人对你文字的赞誉与批评的？你常常又是以什么样的立场去评价他人文字的？

卢江良：我很关注社会各界对自己作品的评价，会吸取自己认为是中肯的建议，摒弃自己认为不正确的意见。我去评价他人文字的时候，往往会忘记自己作者的身份，站在一个普通读者的立场上去评判，因为我的职业是编辑，去评价一篇作品的时候，必须具有包容性，而不是单凭个人的喜好。

朱航军：你的小说在叙述上大多都相当冷静，语言自然直白，无赘语，使得故事一目了然。在叙述中有时你也会以旁观者出来说话，像是戏剧中的说白。用平静的笔调展开一个个令人唏嘘的故事，到高潮处戛然而止，不强加任何议论，给读者留下了一定的思考空间，给阅读带来久久不能平静感。叙述文字，枯燥最易，出彩最难，这大概是写作者公认的。一个写作者的功力如何，就看看他如何把握叙述，在某种程度上你做到了。"善删者字去而意留，善敷者辞殊而意显"，满纸涂鸦，一片漆黑，不如留下点空白，也就有了想象的空间。此譬同于画理。正因了你从容、轻松的叙述语调，你的小说里才多了耐人寻味、令人琢磨的东西。所以，我觉得小说与故事的根本区别就在于小说比故事更有品味些。那么，请你谈谈小说与故事在叙述上的区别，它们有无调和性？

卢江良：首先一部好的小说必须有一个好的故事，这里的"好"不是指好看，而是意义层面上的。小说与故事的区别在于小说必须蕴含作者心灵的印记，和能留给读者广阔的想象空间和思考的欲望，以及具有丰富的内涵。但故事未必要有这些，它只要把一件事情讲清楚就行。

朱航军：你的短篇小说《在街上奔走喊冤》和《狗小的自行车》都被改编成电视电影了，这仅是你的幸运，以及采用者对你作品的认可吗？

卢江良：我不认为这是我的幸运，如果光是幸运的话，就不可能有不同地方的导演看好我的作品了，这只能说明我的作品具有足够吸引他们的潜质。采用者自然认可我的作品，要是不认可干吗花钱花大力气来投拍我的作品？

朱航军：写作越来越能影响一个人的生活，它能让人由理性变为感性，也能让人由感性变为理性，而写作的人大部分却是理性与感性相互的矛盾复合体。现实生活中，你是怎样的一个人，是现实主义者、理想主义者、浪漫主义者，还是综合？

卢江良：写作和生活中，我都是现实主义者，一贯以理性为重的。

朱航军：毕淑敏多半以作家身份出现在公共场合，同时她还兼着医生、心理咨询师的身份。她在谈到自己的这种特殊身份时曾说过："对待同一个问题，不同专业的眼光会有不同的考量角度，文学、医学、心理学三者在我这里交汇成一个点，我以它作为进入文学世界的武器，实现我的文学理想。"文学与写作者的职业没有多大关系，但思想却可以使一个写作者具备多种身份。或许，毕淑敏那三种职业视角构筑起来的文学世界，正是我们所需要的。而作为一个专业文字工作者的你是这么看待这个问题的？

卢江良：我认同毕淑敏的说法。如果一个写作者在现实生活中单以写作者的身份呈现的话，是可笑的。我的邻居都不知道我是搞写作的，只知道我是一个坐办公室的。

朱航军：阅读作品本身是读者对作品的理解与再创作的过程，这因读者的阅历和经历不同，对作品的感悟也不同。有时你可能较好地理解了作者的创作思路，并更进一步使其升华；有时也可能误读了作者的作品。而不同的时间与情景内阅读，其感受也是有差别的。那么，当你写完一篇作品，确切地说，当你发表了一篇作品后，你是如何回头审视你自己作品的？并谈谈你的阅读与写作习惯。

卢江良：我自己的每一篇作品发表后，隔段时间就会回过头去读，这种时候我会发现其中的很多不足，但这些不足在当时的写作中肯定是无法避免的，而这样的发现对今后的创作很有帮助。我没有特别的阅读和写作习惯。

朱航军：你的小说大多是批判性的，你也说过你不喜欢批判人，但喜欢批判这个社会。我们需要清醒的是：批判是一种教育，而歌颂也同样是一种教育。那么在你"审丑"的同时考虑过小说也需要"审美"式的歌颂吗？

卢江良：我想过小说也需要"审美"式的歌颂，但我更喜欢"审丑"式的批判，所以我坚持"审丑"。

朱航军：你的小说可谓不是篇篇经典，却也是篇篇精彩。你觉得小说的可读性与耐读性有什么不同？

卢江良：可读性是让读者能轻松地读完小说，并明白小说里面讲了什么，我不赞成在阅读上设置障碍；耐读性是让读者读了有想象和思考的空间和欲望。

朱航军：就小说而言，多元性、丰富性、探索性也是其基本特征，厚重的生活体验、灵动飘逸的诗情、楚辞狂放的想象力、强烈的现代感和时代气息，随处可见。我们既可看到对历史深邃的理性阐释，对社会现实冷峻的思索和批判，也可看到都市文学对市民情感方式的关注，以及对大自然和人类关系的深刻关照，既有先锋性的形式探索，也有不懈的平民化的追求。那么，你的小说写作追求与目标是什么？

卢江良：我的小说写作追求与目标是：写出来的小说让读者读了内心产生巨大的震撼。

朱航军：很多人都会有怀才不遇之感，在那次浙江《中华少年文学网》招聘文学编辑需要本科生的应聘中，只有高中文化的你凭着写作特长硬是在同时参加应聘的百人中一马当先，就这件事情，你可以给我们谈谈，面对就业难，是文凭重要还是能力重要呢？假如当初你没被选中的话，你的生活及写作状态又会怎样？

卢江良：进单位前文凭比能力重要，进了单位后能力比文凭重要。当初如果没被中华少年文学网站聘用，我的生活及写作状态跟现在也不会有很大的改变，因为我的生活状态是由我自己去选择的，而生活状态决定于写作状态。

朱航军：你的《诱惑之殇》告诉我们一个人是如何被欲望裹挟着赶路，最终成为欲望的牺牲品。你是如何看待或处理生活与写作中的欲望的？

卢江良：人必须有欲望，欲望有时是前进的推动力，问题是如何去把握一个度。欲望太强烈，推动力太大，往往会翻车；反之，则会滞疑不前，一事无成。

朱航军：你的《一个懒汉的成长历程》中，"弟弟"牢牢抓住修电脑偷懒。生活中你是一个懒散的人吗？我看你并不是一个高产的作家，你是怎么看"懒散"与"字疏"的？

卢江良：我在生活中不是一个懒散的人。不高产并不意味着懒散，不高产有时是对自己作品严格的表现。高产而高质是很难做到的，既然这点很难做到，我们只能在高产低质与低产高质两者中选择，而我选择的正好是后者。

朱航军：你的小说《土匪的隐秘女人》里竭力阐述的是另一种精神之爱。可爱情，有时不过是一个简单与庸俗的举动，如同两个人的肉跟肉互相碰了一下。而你也说过在你的认识里文学是心灵与现实碰撞的产物。你对小说中的爱情与现实中的爱情各持什么态度？

卢江良："可爱情，有时不过是一个简单与庸俗的举动，如同两个人的肉跟肉互相碰了一下。"这是你的看法，我一直认为爱情是神圣的，我对小说中的爱情与现实中的爱情的看法是保持一致。因为无论在小说还是现实中，我对爱情从来都没有失望过。"两个人的肉跟肉互相碰了一下"，那不是爱情，是肉欲。

朱航军：作为七十年代写作者的你，是如何看80后写作者的？

卢江良：80后很有才气，但还缺乏思想。

朱航军：任何一个写作者在他写作历程中，多少都会受到"退稿待遇"，你是如何看待这个现象的？在这点上有无让你难过或感动的一回？

卢江良：退稿很正常，就像一个人有时难免跌倒，所以没必要将其看得很严重，跌倒了就爬起来再走嘛。跌倒了自然会难过一下的，但光难过不行，得思考自己为什么会跌倒。解决了这个问题，以后跌倒的次数就会少些。但有些"跌倒"不是作者的原因，而是杂志社或出版社的原因，作者自己应该分得清。

朱航军：你的"凭着良知孤独写作"意味着什么？你认为什么是"温暖的文字"，什么又是"不温暖的文字"？如何保持写作上的清醒与自觉？

卢江良："凭着良知孤独写作"指的是，写作的时候作者必须有自己的良知，不能违背良心写东西。"孤独"是写作的一种姿态，也是作者镇静自如的体现。

朱航军：作为一个专业写作者，你是怎么看待"文如其人"和"文人相轻"的？

卢江良：我还不算专业写作者。文章是作者心灵的产物，作文先做人，如果做人不行，那做出来的文肯定也会存在问题，除非作者在伪心灵写作。至于"文人相轻"这个问题，我觉得去"轻视"别人，一无助于提高自己，二还跟自己的快乐过不去，得不偿失，无疑是一种可笑之举。

朱航军：目前你自认为写得比较满意的作品是哪几篇？代表作又是哪篇？

卢江良：目前还没写出自己认为满意的，但能代表我现阶段风格的作品应该是《在街上奔走喊冤》。

作家在灵魂上是导师

许多余：请问你是从什么时候开始喜欢上文学的？是因为家庭的熏陶吗？还是因为别的？

卢江良：我从高三的时候开始喜欢上文学的。在此之前我看不惯村领导的贪赃枉法，经常向县政府反映他们的丑恶行为。后来觉得这样长期下去也不是办法，加上很快高中毕业了，不知道自己能干些什么，觉得搞文学也许是一条出路，就由写举报信改成了写小小说。但因为有着写举报信的那段经历，所以我以后的作品里总带着批判的色彩。

许多余：第一次发表文章是在什么时候，那一刻心情如何？

卢江良：我第一次发表文章是在高三下半年。因为当时我写了不少成年小小说，希望能在一些成人文学杂志上发表，可偏偏发表出来的是一篇作文，而且在一张当地县文联办的内部少儿文艺报上，所以谈不上有多少喜悦可言，反而觉得有些不屑。

许多余：你是如何走上文学道路的？你觉得在自己的生命中，谁对你的影响最大？

卢江良：我走上文学道路，可能出于两方面的原因：一、高中毕业后，考不上大学，找不到好的工作，想通过文学改变自己的命运；二、我觉得写作，能让自己向这个社会发言，赢得一个公民应有的尊严。在我自己的生命中，对我影响最大的是父母。父亲教会我耿直和坚强，母亲教会我善良和勤劳。他们的身传言教，永远是我取之不尽的宝贵财富。

许多余：你最不喜欢哪些作家？

卢江良：我最不喜欢那些没有一部叫得响的作品，却到处抛头露面、拉帮结派、上蹿下跳、奉承拍马、自我炒作的冠着"作家"头衔的文坛活动家。

许多余：同代的作家中你最欣赏哪些？

卢江良：我欣赏的同代作家很多，凡凭着良知孤独写作的作家，都是我欣赏的对象。不过，这份名单有些长，我就不一一列举了。

许多余：你在学生时代，是怎么样一个状态？

卢江良：我在学生时代，是一个有些自闭的人，因为我的成绩不是太出色，在学校里显示不出优势。而我当学生的那个年代，正好是"高分低能儿"吃香的年代。

许多余：你认为中国当今的语文教育存在哪些问题？

卢江良：中国当今的语文教育不是在教学生获取文化知识学会用自己的脑子去思考问题，而是在逼着学生如何死记硬背，如何去应对那些稀奇古怪的考题，所以当今的语文教育是非常失败的，他们培养不出真正的人才，但能培训出一大批没有独立思考能力的书呆子。

许多余：你觉得自己这么多年来有哪些改变？

卢江良：应该说改变得很少，我是一个内心坚硬的人，如果没碰到重大的事件，往往是很难改变的，只会朝着自己认定的方向勇往直前。

许多余：这么多年来，你一直都坚持文学创作吗？都取得了哪些自我感觉比较骄傲的成绩？你觉得文学对于你来说，意味着什么？

卢江良：从高中毕业至今，我一直坚持文学创作，创作了一批独具魅力的乡土小说，在文坛引起了较好的反响，他们在《当代》、《中国作家》、《小说月报》等报刊发表转载过，也以拿版税或稿费的形式出版过《狗小的自行车》、《城市蚂蚁》等多部作品，目前已有三篇小说被拍成了电影，其中《狗小的自行车》荣获国家广电总局电影频道第八届数字电影百合奖优秀儿童片奖等三项大奖。我觉得文学使我的人生更加具有意义。

许多余：都说写作是需要天赋的，你同意这样的说法吗？你觉得自己能有今天，是因为天赋，还是因为自己的勤奋？

卢江良：同意这样的说法。把写作比成一辆机动车，没有天赋等同于没有油，光靠推着走，无论如何是开不远的。我觉得自己能有今天，除了勤奋，更多的是因为上天赐给了我写作的天赋。

许多余：你比较喜欢中国的哪些作家？国外的呢？其中哪些作家对你的影响比较大？

卢江良：我喜欢的作家很多，中国的已逝的有鲁迅，活着的有余华。国外的就更多了，像卡夫卡、契诃夫、巴尔扎克、加缪、马尔克斯、奈保尔，等等。这些作家都对我的写作起着一定的影响，但分不清谁影响大谁影响小。

许多余：一般来说，一个写作者在写作的初期总会模仿一些人，你有过这样的模仿阶段吗？但对于一个写作者来说，最重要的是让自己区别于其他人，这就是自己独一无二的风格，你觉得自己现在已经有自己独特的风格了吗？是什么时候形成的？你以后的写作风格和写作方向还会有变化吗？

卢江良：我写作的初期从事小小说创作的时候模仿过欧·亨利的小小说结尾。但停止写小小说后也就停止了模仿，那个时候应该在2000年前后吧。后来我的写作都用自己的思想在写，所以在我的中短篇和长篇小说里，很难找出别的作家的印记，只能找到我自己的。在这个方面，可以这么说，我比其他作家好一些。至于以后的写作风格和写作方向会不会变，现在我很难确定，但能确定的是"凭着良知孤独写作"的基点永远不会变。

许多余：在你这么多年的写作生涯当中，你是否遇到过一些什么困难（内心的或者现实的）？你觉得能够让自己坚持文学梦想的最大动力和最充分的理由是什么？

卢江良：在我写作生涯中，我经常遇到困难，无论是内心的还是现实的都有。但我总说服自己走过去，因为我需要通过写作使自己的人生更具意义。并且，我始终相信自己是能在文学的道路上坚持到最后的人。当然，这个"最后"并不是说，在我以后就没写作的人了。

许多余：你觉得自己为什么而写？

卢江良：开始为爱好、为生计、为名声而写作，现在为内心、为尊严、为社会而写作。

许多余：你在写作的过程当中，有没有为自己定下什么计划和目标？你觉得自己在十年之内是否可以超越心目中的偶像（假若你有偶像的话）？或者是否已经超越了？

卢江良：从事写作十年之后，我就不定计划和目标了，我觉得要成为一名优秀的作家，不是要超越其他偶像，他（她）最需要的是超越自己。当然，要超越自己是艰难的。但要想不断地前进，必须突破这样的困境。

许多余：你给文学是如何定义的？你觉得文学是什么？相对于科学或其他学科，你认为文学与它们相比有什么独特的地方？

卢江良：文学是很难定义的，它所包含的太广了。我还不具备去定义它的能力。相对于科学和其他学科，我觉得文学是最贴近人类内心的。这是它的独特之处。

许多余：你是否已经做好了把自己的一生托付给文学的准备？

卢江良：从开始写的时候就准备了。

许多余：如果让你给自己的下半生做一个预测，你将有一个什么样的预言？

卢江良：我从来不做虚幻的预测。路是要靠一步一步走出来的，不是预测得出来的。我只是一个写作者，不是一名预言家。

许多余：迄今为止，你最满意的作品是那篇（部）？当时创作的时候有什么背景？主要取材于真实的生活还是虚构？你在这部作品中寄托着怎样的思想？

卢江良：我最不喜欢用"最满意"这个词来衡量自己的作品。衡量自己的作品，我习惯于用"最具代表性"。我觉得我最具代表性的作品有好几部，像《在街上奔走喊冤》、《谁打瘸了村支书家的狗？》、《穿不过的马路》，等等。当时创作它们的时候，都没有什么特殊的背景。我的每部小说都是虚构的，但它们又是真实的。在这些作品中，寄托了我希望黑暗变为光明的美好愿望。

许多余：你在开始写作的时候曾经遇到过哪些问题？你对一个刚刚开始的写作者有什么忠告？

卢江良：开始写作的时候遇到的问题很多，语言的问题、结构的问题、逻辑性的问题，还有思想性的问题，等等。包括现在，还是会遇到各种各样的问题。你想写作的时候不遇到问题，那只能停止写作。针对刚刚开始的写作者，我谈不上要忠告他们什么，只是建议他们不要轻信已成名的那些作家们的所谓的忠告。

许多余：你如何看待"文学市场化"？

卢江良："文学市场化"很正常，也是必须的，因为每位作家写作不可能真的只写给自己看，所以整天叫嚣着只为自己一个人写作的作家，要么是内心虚弱的自卑者，要么就是脱离现实的自大狂。写作毕竟不是偷东西嘛。

许多余：你觉得如今文学过度的商业化对于一位作家来说是否有一定的伤害？你自己在创作的时候是否遇到过出版商与自己的创作初衷相违背的情况？你是如何处理这个矛盾的？

卢江良：文学过度商业化，对一位真正的作家而言，谈不上伤害。因为真正的作家，很清楚自己要写什么，是否过度商业化都伤害不到他（她）。在我创作的时候，我从来不考虑出版商的意见。我只把自己想写的作品写出来，然后让欣赏它的出版商去出版它。

许多余：你评判一部作品"好""坏"的标准是什么？

卢江良：我评判一部作品"好""坏"的标准，主要看这部作品是很无聊还是很有意义，很无聊就是"坏"作品，很有意义就是"好"作品。

许多余：你认为中国当代文学存在着哪些问题？如何才能让这些问题得到一定的改善？

卢江良：中国当代文学存在的问题很多，有作者自身的，也有体制上的，整个文学环境不利于真正有影响力的作品出来。这些问题想得到改善，一方面要从体制上着手，另一方面作者自己要深刻反省。但这两方面做起来都很难，特别是后者。

许多余：中国的文学"诺贝尔"梦一直没有实现，目前只有高行健一个作家获得"诺贝尔文学奖"，但他还不是中国国籍，许多汉学家说中国文学与西方及亚洲的日本、印度相比仍有一定的差距？你是否认同此种论断？你觉得这种所谓的差距主要体现在哪些方面？

卢江良：我认同这种论断。诺贝尔文学奖办了一百多年了，始终影响巨大，从某种意义上而言，它确实已成了衡量作品优劣的世界性标杆。这一点不是任何人能否定得了的。我觉得这种差距主要表现在作家的观念方面。这由体制和作者自身两方面造成的。

许多余：除了写作，你平常都有一些什么爱好？

卢江良：看电影、听音乐、看书、散步、跟家人在一起。

许多余：你目前的生活状态如何？是靠写作来养活自己还有另有职业？你觉得工作和写作之间有冲突吗？

卢江良：过着普通老百姓的生活。不靠写作来养活自己，写作挣的钱只能让我的生活更滋润一些。我的职业是编辑。工作和写作没很大的冲突，因为都跟文字有关。

许多余：谈谈你的家庭情况，包括父母、爱人等，你们之间是否有代沟呢？你认为作为一个作家，什么样的人才能称得上是你理想的爱人？或者说合适的、称职的伴侣。

卢江良：当你在生活中，不刻意把自己当成作家的时候，跟父母、爱人等之间的代沟就会小很多。我觉得作为一个作家的爱人，只要她（他）不同样是作家，就会显得理想多了。

许多余：你对80后的写作情况了解多少？你觉得哪些80后作家最值得期待？你觉得80后还需要过多久才能挑起中国文学的"大梁"？

卢江良：我担任过九年少年文学网站编辑，对80后的写作情况应该说基本了解。至于80后作家哪些最值得期待，这是很难回答的问题。因为作家这种东西是期待不好的，目前势头很好的，过了两年可能写不出东西来了；现在默默无闻的，半年后有可能横空出世了。但我觉得80后要挑起中国文学的"大梁"，要等他们到了目前正在挑大梁的那批人的年纪。

许多余：你对于"炒作"这个问题怎么看？

卢江良：适度的炒作是需要的，过分的炒作就很让人作呕，万事都得有个"度"。

许多余：你觉得自己是一个什么样的人？你在乎别人的评价吗？

卢江良：我是外表普通内心独特的人。对有建设性的评价我很在乎，对非建设性的评价一贯都当做耳边风。

许多余：你希望自己的读者是哪些人？或者说，你写作的目标人群是什么？当你的一个铁杆读者遇到自己无法解决的困难向你求助的时候，你会怎么做？当你的一个铁杆读者对你说非你不嫁（或娶）的时候，你将如何对待她（他)？

卢江良：那些还在思考的人。当铁杆读者遇到困难向我求助，能帮尽力，帮不了只能爱莫能助。作家在灵魂上是导师，但在现实生活中，只是普通人。当一个铁杆读者对我说非我不嫁时，我会先取下头上那个虚幻的"光环"，让她看清楚我的"真面目"。

许多余：你的写作状态什么时候最好？接下来，你有哪些计划？

卢江良：这个很难回答。写作状态跟身体和心理状况相关，什么时候好什么时候差，很难确定。接下来，我准备写完手头正在写的一部长篇小说《逃往天堂的孩子》（暂名），这是我的第二部长篇小说，也应该是我的最具代表性的作品之一。从构思到现在已经三年多了，春节前，我必须把它完成。

行走的写作者

再 版 后 记

当出版方通知我，说这本书要再版时，我是不太愿意的。因为这本书出版的时间比较早，距离现在已经十三年了，收录的是我四十岁之前的作品，而且大部分还是三十岁之前写的。如今，已步入知天命之年的我，再来回顾而立之年所写的作品，自然觉得非常的稚嫩。

或许为了说动我，联系再版的夏洪月女士说，作家不悔"少作"。由于被她的诚意打动，我还是接受了她的建议，答应再版。不过，对其中实在幼稚的部分，还是进行了适度调整。毕竟，这不是一次重印，而是一次再版，不能全部保持旧的状态，应该有一些新的面目。

当然，如此而为，有两方面的因素：一希望让读者看到一个更优秀的我；二为了给读者读到更好的作品。而这两方面的因素，虽然看上去前者利己、后者利他，事实上是一致的，都是为了奉献出更优秀的"精神食粮"，去"营养"广大读者，为推动这个时代进步而努力。

不过，鉴于再版对更换篇目有严格要求，无法做到"改头换面"，只能进行"修修补补"。所以，这次出现在你们面前的，既有我成长的记录，也有我情感的历程，还有我思想的积淀，但不管是哪一种，都源自我内心的本真，它们纵横交织着，构成了我五十岁人生的图景。

最后，要感谢总策划张海君先生，如果没有他当初的邀约，就不会有这本书，也不存在这次再版；也要感谢夏洪月女士，为这本书的再版付出了辛勤的劳动；还要感谢我的父亲卢张松、母亲王小荷、妻子郑杭梅，正是他们对我无条件的支持，才让我在文学路上渐行渐远。

卢江良，2024.8.13 于杭州

第三辑　行走于思想的道上